祭雅芝 著

经典的折射:

明清小说在西班牙语世界的翻译、传播与阐释

复旦大学出版社

目 录

序言

第一章　翻译与传播历程 … 001
第一节　步向世界文学的明清小说 … 001
第二节　异质符号域的多向对话与权力关系：论明清小说的西班牙语翻译历程之流变 … 014
第三节　影响明清小说西班牙语翻译与传播的多元因素 … 036

第二章　翻译策略与可通约性 … 061
第一节　多元的翻译策略——以委婉语翻译为例 … 063
第二节　"显与隐"：论翻译中的显化 … 090
第三节　"异的考验"：论翻译中对可通约性的寻觅 … 103

第三章　异域的接受与阐释 ············· 118
第一节　视角与阐释——西语世界相关学者对明清小说的研究与阐释 ············· 120
第二节　西语学界对明清小说之中的女性形象的阐释 ············· 139
第三节　"幻想的炼金术师"——博尔赫斯对明清小说的他者想象与视域融合 ············· 152

结语 ············· 177

参考文献 ············· 180

序言

明清小说是中国古典小说的创作高峰,具有极高的艺术价值。截至目前,明清小说已被外译成多种语言,在世界多个地区广泛传播,而西班牙语世界正是其中的一个重要区域。众所周知,西班牙语世界涵括了包括西班牙、墨西哥、阿根廷等二十余个国家与地区。事实上,早在16至17世纪,就有西班牙传教士译出《聊斋志异》的片段,直至现今,在西班牙语世界已经产生并累积了诸多明清小说的翻译作品与研究成果。但与此同时,当前国内学界对于明清小说在西班牙语世界的翻译与传播的研究,在某种程度上还缺乏较为整全的专题研究。

我对明清小说西译的研究兴趣起始于我在西班牙的汉学重镇格拉纳达求学期间。自北京大学西葡语系毕业后,我在格拉纳达翻译系继续硕博阶段的学习与研究,研究具体涉及了《红楼梦》《儒林外史》《金瓶梅词话》等数部明清小说中委婉语的西班牙语翻译。在研究的开展之中,有幸获得了西班牙重要汉学家雷林科(Alicia Relinque Eleta)与翻译研究专家何塞·安东尼奥·萨比奥·皮尼利亚(José Antonio Sabio Pinilla)的指导。值得一提的是，雷林科正是推动明清小说在西班牙语世界翻译与传播的重要学者与译家，她不仅完成了《红楼梦》的校对工作，还翻译了《金瓶梅词话》等诸多作品。在回国进入复旦大学工作之后，我对明清小说西译的研究兴趣延续至今，并得到了进一步的拓展和深化。

本书主要着眼于探析明清小说在西班牙语世界的翻译与传播，将翻译的内部研究与外部研究并重，结合描述翻译学、文化语言学、符号学与诠释学等相关理论，从明清小说在西班牙语世界的翻译与传播历程、具体翻译文本分析，以及明清小说在西班牙语世界的接受与阐释等多个层面开展研究并提出相关结论。本书的书写主要从三个方面开展：在第一章中，我们勾勒了明清小说外译的研究现状，梳理了明清小说在西班牙语世界的翻译历程，并剖析了这一历程背后潜藏的权力关系与影响其翻译出版的多元因素。在第二章中，我们结合具体的翻译文本实例，探讨了部分明清小说西译的翻译策略与译者风格，并在此基础上进一步讨论了异质文明间的可通约性问题。第三章则旨在整理与研究西班牙语世界对于明清小说的相关阐释，并重点关注了西班牙语世界对明清小说中女性主题的讨论以及博尔赫斯对明清小说的相关诠释等。

文学经典在进入世界的历程中必然经由翻译发生了折射，而恰恰是在这一椭圆折射的过程中，文明之间产生了审美维度的交融，进而推动了异质文明之间的交流与互鉴。本书正是期望能够对明清小说通过翻译进入西班牙语世界的路径、过程与回响提供一些讨论与思索。

本书章节在写作过程之中，获得了多位师长的悉心指导与帮助，也得到家人一如既往的支持，在此向他们表达诚挚的感谢。本书的出版获得了教育部人文社科青年基金项目的资助与复旦大学外文学院的资助，此外，还要感谢复旦大学出版社陈军老师与杨骐老师在出版过程中的帮助。

由于水平与资料所限，本书在书写过程之中难免存在诸多遗漏与不足之处，还望读者与专家予以批评与指正。

2021年，上海

第一章
翻译与传播历程

第一节 步向世界文学的明清小说

明清时期是中国古典小说的繁荣阶段与创作高峰时期,这已经成为学界的共识。在明清时期商业经济的繁荣以及出版印刷业的迅速发展的背景之下,小说与戏曲等通俗文学获得了繁盛的发展,到明代中叶,小说这一创作体裁已经发展成为一种较为成熟的文学样式,直至清代,小说的发展更是抵达了其鼎盛时期,并在后期逐渐开启了其向近现代小说的转型。在明清时期诞生的诸多小说文本不仅流传度甚广,还具有极高的艺术与文化价值,诸如当今四大古典名著《红楼梦》《西游记》《三国演义》《水浒传》等,此外更有《金瓶梅》《封神演义》《聊斋志异》《儒林外史》《镜花缘》等诸多重要作品。在这些作品当中,许多小说文本流传至现今,成为国族文学之中的精粹之作,构筑了中华文明的重要内涵。与此同时,从整个世界的范围内来检视与考察,诸种作品更是借助翻译跨越时间的维度与国境空间的边界，流动与传播至世界多个语际文化空间。小说等多种文本的翻译促进了异质文化之间深层次的相互碰撞与交流，形塑了当今世界文学的版图。

一、从翻译中走向世界文学

在《什么是世界文学？》一书中，哈佛大学比较文学研究学者大卫·达姆罗什（David Damrosch，2003：281）对全球化时代的世界文学给出了其著名定义：

> 在全部的变化性中，家族相似性（family resemblances）能够于今天正在传播的世界文学的不同形式中被发现，其多种呈现模式让我集中于世界、文本与读者提出了一个三重定义：
> 1. 世界文学是不同民族文学的椭圆折射（elliptical refraction）。
> 2. 世界文学是在翻译中获益的书写。
> 3. 世界文学不是一套文本经典而是一种阅读方式（a mode of reading），一种超然相远地与我们自身时空之外的那些世界进行交流的方式。①

在定义中，首先，达姆罗什论述了世界文学一定是在语际传

---

① 本书中的译文皆为作者自译。

播的流动过程之中,世界文学是国族文学走出本土在语际传播以产生影响的"椭圆折射"。所谓"椭圆折射"(elliptical refraction),乃是达姆罗什借用光学术语"椭圆反射"(elliptical reflection)所创造的短语,旨在表明国族文学在世界空间传播中源语文化与目的语文化在交汇中进行了整合与融通。其次,达姆罗什认为翻译对于推动国族文学(national literatures)成为世界文学起到了非常重要的作用。正如美国翻译理论学家劳伦斯·韦努蒂(Lawrence Venuti,2012:180)在《翻译研究与世界文学》一文中强调的:"翻译推动了国族文学走向世界文学,而且如果没有翻译就没有世界文学。"因此在某种意义上来说,世界文学就是翻译文学。最后,世界文学并非一套固定不变的经典,而是一种阅读方式,这强调了阅读的当代性,并赋予了世界文学新的动态与生命。

与此同时,雷马克(Erich Maria Remarque,1971:2-3)认为,世界文学在其概念所指称的品质上往往暗示着一种时间的因素,因为一个国族的文学要在世界的阅读平台上获得声誉,通常需要经历时间的沉淀。尽管达姆罗什对世界文学所给出的崭新定义消解了世界文学的时间性及必要性,赋予了当代文学成为世界文学的合法性,但是我们仍然不能否认的是,诸多流传至今的明清小说,其本身就是极为优异的国族文学,而历史上诸多译家对这些小说的多种异质语言的翻译,就证明了中国明清小说在审美的多元性上具有世界文学的可能性。

尽管如此,国族文学并非天然就诞生成为世界文学,依照达姆罗什(David Damrosch,2003:281)的论述,一部作品要成为世界文学,"必须像光线发生折射那样,穿过语言、文化、时间、空间等构成的介质,在椭圆形空间中反射出第二个焦点,由此形成一种混杂、共生的作品"。换言之,一部作品必须跨越时代、语言、民族、国别等界限,历经演变与融汇,才能在世界范围内实现流通,而世界文学也正是在这一翻译进程中获益的审美性书写,达姆罗什引用了古巴比伦史诗《吉尔伽美什》(*The Epic of Gilgamesh*)的翻译与流通作为例证,描刻并阐释了这种"椭圆折射"的途径。在达姆罗什对世界文学的定义下来查看明清时期的中国小说向异国文化空间散播的历程,我们可以见出,诸多明清时期操用汉语言文字撰写的小说正是经由翻译的途径,跨越时间在世界多种语际空间之中实现了流动。正因为如此,这些审美性书写文本作为原本的国族文学,在新的语言空间里发生了移植与重生,并且不断地被新的读者进行阅读,从而列席于世界文学之中。

以《红楼梦》为例,目前这部诞生于清代的作品已经陆续被译为英文、俄文、德文、日文、法文、西班牙文、韩文、意大利文等30多种语言文字,统共至少有100多种译本,全译本也多达36种(唐均,2016:45),客观地说,这部作品早已经突破了本土语境,成为享誉世界的文学巨著。在2017年,西班牙北欧出版社(Nórdica)出版了《世界文学云图:发现世界的35部作品》(*Atlas de Literatura Universal*:*35 Obras para Descubrir el Mundo*),多位作家、学者、文学批评家与译者参与了本书的编撰与出版工作,该书从世界多国选取了对于世界文学有代表意义的35部作品作了介绍与评论,《红楼梦》就列席其中。书中序言写道:"我们一共择取了三十五部作品,在这里我们的目的并非是详尽无遗地列出所有世界文学作品,也不是为了进行学术研究,因为以如此少的著作来概括所有的世界文学几乎是一件不可能实现的事情。我们的初衷乃是出版一本便于读者阅读的书,以鼓励有探索精神以及想寻找新事物的人们重新阅读或发现这些重要的书目。"很显然,《红楼梦》在西班牙语世界也成为世界文学的代表作品之一。

《水浒传》在国外的流传是尤为广泛的,它不仅对东亚的叙事文学产生了深远的影响,也广泛传播到了世界其他各个地区。《水浒传》在江户时代已经传入日本,直至19世纪,已有大量《水浒传》的日文译本以及相关的改编作品存世。赛珍珠(Pearl S. Buck)在1920年代中后期完成了首个英文全译本的翻译,后于1933年正式出版。后来,又有多个语种的译本诞生,其中包括拉丁文、法文、意大利文、俄文、德文、西班牙文、匈牙利文、捷克文、波兰文等。(王丽娜,1998)德国著名汉学家弗朗茨·库恩(Franz Kuhn)曾经在德译本《水浒传》的跋文中指出:"《水浒传》《金瓶梅》《红楼梦》为中国古典小说的三部巨著,理解了这三部书就可以称得起中国通。"

《三国演义》同样对东亚文化产生了重要的影响,并且催发了大量衍生作品的诞生。《三国演义》最早的外文译本是出版于1689—1692年(清康熙年间)的湖南文山的日文译本。其英文译本则首次出现于1820年,当时汤姆斯(Peter Perring Thoms)翻译其中的片段并刊发于《亚洲杂志》(*The Asiatic Journal*)。依据王丽娜与杜维沫(2006:70)的统计,截至2006年就已有超过二十余个语种的译本，其中包括拉丁文、英文、法文、德文、荷文、俄文、爱沙尼亚文、波兰文、日文、朝鲜文、蒙古文、老挝文、泰文、马来文、爪哇文等。后续又有多种译本诞生，例如西班牙语译本目前也早已经存在，当时是从英文转译的，在2012年由外文局出版。

《西游记》作为中国古代的首部长篇浪漫主义神魔小说，自从明代以来在中国民间就存在有多种流传的版本，在清代也有数种刊本与抄本。论及其对外翻译，最早的正式译本为18世纪中叶时期的日文的译本。后来，在英语世界，《西游记》的选段由塞缪尔·伍德布里奇（Samuel I. Woodbridge）据美国汉学家卫三畏所编纂的汉语读本小册子译出，内容为《西游记》通行本的第十回与第十一回中的选段，这一译本在1895年由上海华北捷报社出版。此后，又诞生了多个英语的全译本，例如，在1983年，余国藩翻译完成了其英译本。此外，《西游记》目前也有法文、德文、西班牙文、俄文、捷克文、罗马尼亚文等多种译本，在亚洲也有越南文、朝鲜文、日文等译本流通（王丽娜，1980）。

《儒林外史》的成书时间略早于《红楼梦》，在中国的小说发展史上也是一部重要的长篇白话小说。《儒林外史》不仅深远地影响了晚清小说以及五四以来的新文学创作，也早已经传播至海外各国。它在世界上的翻译较早可以追溯至1933年贺师俊译出的《儒林外史》的法文选译本，此后，陆续又有多种语言的全译本问世，根据统计，《儒林外史》已有英、法、德、俄、越、日、蒙等7种文字的译篇和译本17种（其中全译本7种）。（杜维沫、王丽娜，1982：116）这一统计还仅是截至1982年的数据，依据我们的调查，实际上，后来还陆续出版了《儒林外史》的西班牙文、捷克斯洛伐克文、罗马尼亚文、匈牙利文等多种译本。诸多权威的百科全书都对于《儒林外史》的思想性与艺术性有很高的评价，例如大英百科全书、美国大百科全书、法国拉鲁斯百科全书等，这也足以见出《儒林外史》在世界文学之中占有重要的一席。

《金瓶梅》是一部在中国小说史上具有里程碑意义的作品，它标志着中国古典小说的发展进入了一个全新的阶段。《金瓶梅》在海外的影响力不小，在欧洲有多个译本。据苗怀明与宋楠（2015）的考证，于1862—1869年间完成的加布伦兹德译本是国外第一部《金瓶梅》的全译本。据王丽娜（1988：134）统计，其外文译本包括有英、法、德、意、拉丁、瑞典、芬兰、俄、匈牙利、捷克、南斯拉夫、日、朝、越、蒙古等语种。其西班牙文版本也于2010年在西班牙出版。

古代文言短篇小说的代表作《聊斋志异》也是最早被翻译且传播至世界其他各国的明清小说之一，在海外流传甚广，目前至少已被译成29国语言文字，且有多达60余种译本。

《好逑传》同样经历了漫长的译介历程，自从《好逑传》的英译本在18世纪问世之后，在欧洲涌起了翻译出版《好逑传》的热潮，从英文转译至法文、德文、荷兰文。后来又出现了多种译文版本，依据相关学者的统计，《好逑传》的西文译本共有26种，其中全译本10种，节译本16种。语言则涉及英文、德文、法文、荷兰文、俄文等，其中英译本达10种之多（宋丽娟、孙逊，2008：72）。

以上所列出的仅是诸多被传播至海外各国的明清小说中比较有代表性意义的作品，关于这些诞生于明清时期的经典小说文本向海外诸国的详细译介历程，学界已有诸多专门的著述对其进行梳理，在此我们便不再一一列举。毋庸置疑，这些散落与流动于世界各地的译著作品，实际上便是在他国文化语境之下产生的对于原有作品的"椭圆折射"，也正是这一"椭圆折射"的过程使得这些作品在海外传播之中逐渐凝结成为世界文学之中的艺术瑰宝。

倘若我们联系达姆罗什笔下"世界文学是一种阅读模式"的定义来进行思考，便能看到，这些作品不仅在历史之中突破了国境与语言文化空间的边界，进入了他国读者的阅读空间，实际上，在现今的阅读视野之中，它们也仍然是一种继续鲜活的存在。例如，在 2016 年，译者林小发（Eva Lüdi Kong）译出了德文版的全译本《西游记》，由雷克拉姆出版社（Reclam Verlag）一出版，随即很快便在法兰克福书展获得了好评，并获得了莱比锡书展翻译奖，这说明作品并没有随着时间的流逝丢失其原有的魅力，而是依然生动地活跃在读者的视野中。此外，值得注意的是，在当下这个图像阅读的时代，文本也已经并非是唯一的阅读方式，明清时期的小说文本，有不少的作品经历了影视作品甚至是动漫作品的改编，从而也催生了各种新的阅读方式。以上所提到的这些现象表明了这些优秀的古典小说并非仅是停驻于历史之中的存在，实际上，在现今，这些作品也仍然在不断地在各国的语境之中被阅读，并且催生新的阐释与解读，从而保有持续的生命力。

二、回顾与反思：学界的相关研究

近一个世纪以来，关于中国文学及文化被译介和流传到西方的情况，国内外学界的相关研究有了迅速的发展，涌现出了一系列研究成果，其中不少论著都涉及明清小说在西方的传播与影响。尤其是自20世纪90年代以来，围绕英、法、德、日等这些在国内积累与发展比较成熟的语种，已经开展了较为全面而系统的研究，取得了一系列较为丰硕的成果，在此我们将对于目前在各语种间已经存在的较有代表性的成果进行一个简要的梳理。

早在1940年，商务出版社出版了朱谦之撰写的《中国思想对于欧洲文化之影响》，此后这一著作更名为《中国哲学对于欧洲的影响》。书中主要探讨了中国的哲学与文化对于欧洲文艺复兴与启蒙时期文化的影响，当中也部分提及了早期由传教士译介的多种中国古典文学文本，其中也包括诸多明清小说。可以说，这是国内较为早期的与明清小说海外流传相关的研究。

1988年，上海学林出版社出版了由王丽娜撰写而成的《中国古典小说戏曲在国外》。本书以各古典小说及戏曲作品为序，细致地梳理了各部作品向海外各国传播的过程，是重要的参考资料。不过，由于成书时间较早，以及书中所涉及的国别甚广，并未能纳入近二十余年的译本的信息。

作为比较文学研究的开创者之一，范存忠所著的《中国文化在启蒙时期的英国》一书于1991年出版，重点介绍了中国文化对于英国文化的影响，其中包括文学、历史、喜剧、建筑和宗教等方面的内容，在该书的第八章中，作者专门讨论了帕西（Thomas Percy）翻译的《好逑传》的英译本。

在19世纪90年代上半叶，由花城出版社出版，北京大学和南京大学的比较文学学者合力主编了《中国文学在国外》系列，其中包含了钱林森撰写的《中国文学在法国》、严绍璗撰写的《中国文学在日本》、张弘撰写的《中国文学在英国》、曹卫东撰写的《中国文学在德国》、李明滨撰写的《中国文学在俄苏》等。这一系列论著分国别讨论了中国文学在各地的译介与流传。例如，《中国文学在法国》涉及明清小说的部分主要探讨了《水浒传》《红楼梦》《金瓶梅》的传播与影响。

1994年，北京语言学院出版社出版了由宋柏年主编的《中国古典文学在海外》，这一论著从《诗经》《楚辞》与中国古代神话的海外传播开始谈起，一直探讨到清代戏曲小说在海外的影响。

1996年，卫茂平所著的《中国对德国文学影响史述》由上海外语教育出版社出版，作者在第二章、第四章与第八章中分别探讨了席勒对于《好逑传》进行改编的计划，海泽（Paul Heyes）对《三国演义》的接受以及埃伦施泰以《水浒传》为蓝本出版的《强盗与士兵》。

1999年，季羡林、王宁主编了"东学西渐丛书"，由河北人民出版社出版。其中，由王宁、钱林森、马树德等撰写的《中国文化对欧洲的影响》一书，回溯了四百多年以来，中国的思想文化对于英、法、德等国家的影响，书中第三章第三节专门剖析了中国古典小说在法国的影响，并且对《聊斋志异》《金瓶梅》等作品从多个角度作出了评价。

自 2002 年起，宁夏人民出版社先后共推出了十卷本丛书："跨文化丛书：外国作家与中国文化"，依照国别总结与评析了自古至今中外文学文化的交流史，包括日本卷、德国卷、美国卷、俄罗斯卷、英国卷、阿拉伯卷、法国卷、南北欧卷、朝韩卷与印度卷等，重点探讨了中国文化及重要的中国文学作品对于以上国家的作家创作所产生的影响。例如，葛桂录撰写的《雾外的远音——英国作家与中国文化》论述了一些中国古典文学作品对于西方的重要影响，不过，由于囊括的内容较广，书中未能逐一深入展现与探讨中国古典小说在西方的译介和流传的具体情况。

2002 年，中国美术学院出版社出版了严建强的论著《18 世纪中国文化在西欧的传播及其反应》，主要叙述了 17、18 世纪中国文化的西传以及在西欧引起的各种社会反应，在第四章的第四节中，作者论述了中国古典戏剧与中国古典小说在欧洲的传播及其影响，但是当中只是作了较为简略的介绍，仅论及《好逑传》和耶稣会士殷宏绪从《今古奇观》中选译的古典小说。

2004 年，上海教育出版社出版了由陈伟、杉木主编的"东方美学对西方的影响丛书"。其中，由李平撰写的《西方人眼中的东方文学艺术》，概述了中国的先哲思想、诸子散文、诗歌等对西方文学的影响，第六章中亦简概了中国古代小说的西传与西方对于中国古典小说的评述。

2006 年，广东人民出版社出版的段怀清、周俐玲撰写的《〈中国评论〉与晚清中英文学交流》，整理了英国维多利亚时代《中国评论》这一汉学研究刊物上英国汉学家对于中国文学的译介与英国作家的相关解读与引发，包括古典小说、诗歌、民间文学与戏曲等。

2006年，山东大学出版社出版的王平主编的《明清小说传播研究》，采用传播学的理论与方法对明清时期的多部小说在多个国家与地区的跨文化传播进行研究，并涉及对于出版情况与传播受众的讨论。

2010年，上海古籍出版社出版了宋莉华撰写的《传教士汉文小说研究》一书，其中作者对于来华传教士创作的汉文小说做了比较系统的研究与分析。书中第五章专门论述了《中国从报》（Chinese Repository）译介的中国古典小说对于传教士产生的影响。

在上述提及的论著之外，学界还有一些著述与学术文章，在此我们便不再详列。不过，值得一提的是，有一系列与西方汉学及中西文化交流相关的杂志，包括有：《国际汉学》《世界汉学》《汉学研究》《中西交流论坛》《中西初识》等。另外，《基督教文化评论》《宗教研究》等也刊发相关文章。

在国外学界，亦有诸多学者完成了许多相关的研究，其中不仅有专题论著，也包括诸多学术文章等。例如，1923年，德国学者利奇温（Adolf Reichwein）所著的《十八世纪中国与欧洲文化的接触》出版，叙述了中国文化在18世纪传入欧洲的历程及其对于欧洲文学、艺术、思想、政治、经济、科技等产生的影响。1931年，英国学者赫德逊（G. F. Hudson）著有的《欧洲与中国——从古代到1800年的双方关系概述》出版。还例如，法国比较文学研究者安田朴（Rene Etiemble）著有《中国文化西传欧洲史》，法国汉学家克劳婷·苏尔梦（Claudine Salmon）的《文学的移居：中国传统小说在亚洲》等，都对中国古典小说的海外流传有所涉及。西班牙语世界亦有汉学家所撰写的专著与论文，诸如墨西哥汉学家弗洛拉·博顿（Flora Botton Beja）所撰写的《中国：公元1800年以前的中国历史与文化》对于明清小说也有讨论。在2002年，西班牙阿利坎特大学的伊多亚·阿比拉加·格雷罗（Idoia Arbillaga Guerrero）撰有《中国文学在西班牙》一书，作者在书中分门别类梳理了中国文学在西班牙的翻译与接受。对于西班牙语世界所开展的一系列关于明清小说的阐释与理解部分的讨论，我们将在第三章着重进行评述。

从总体上进行评判，当前在国内外学界对于中国文学以及中国古典小说在海外的翻译与传播的研究已经积累了颇为丰硕的论著，其中不乏一些高质量的研究成果。但是，与此同时，也仍存在可以继续深化拓展的方面。

第一，在当前已有的论著之中，针对明清小说的专题研究是较为稀少的，多数开展专题研究的论著所涉及的范围与时间较广，而对于古典小说，尤其是明清时期的小说文本的海外流传的讨论只占据研究中有限的篇幅，因此，很多情况下未能充分展开讨论。

第二，当前已有的研究主要关注的语种与国别有限。值得我们注意的是，在当前已有的这类研究当中，对于英译的关注占据了绝大部分，其次则是法译、德译等。长期以来，对于明清小说在西班牙语世界的翻译传播的专题研究与相关的文献与研究可说是屈指可数，仍有诸多不充足之处。与该种情况所不匹配的是，西班牙语目前已经是当今世界除英语与汉语以外使用人数最多的语言，广泛地覆盖了伊比利亚半岛与拉丁美洲的广袤土地。因此，针对传播至西班牙语世界的明清小说，不管是对翻译的考察还是对学界相关研究文献的整理，都有诸多值得深入拓展的空间。

第三，当前开展的一些与明清小说翻译与传播相关的研究，对于具体的翻译研究问题的探讨仍有不足。一部分外部研究缺乏理论层面的思索，而在内部研究方面，虽然在不少散见的研究文章之中有基于翻译文本对于具体翻译问题的分析，例如针对翻译策略等展开的讨论，但是这些研究往往限于对孤立的翻译实例的考察，缺乏实证研究的严谨与理论的思索。

因此，无论是在宏观层面对于明清小说进入西班牙语语际空间的翻译史的详细梳理，还是在微观层面从具体翻译与译本层面及其产生的影响的研究，都还有诸多的提升空间。如果要全面地理解明清小说的世界化进程，我们有必要再进一步推进研究的发展。

第二节　异质符号域的多向对话与权力关系：论明清小说的西班牙语翻译历程之流变

当我们把视线聚焦于西班牙语世界，对明清小说文本在西班牙语世界移植与重生的历程加以探寻，将会发现这一翻译历程不仅所涉之空间尤为广泛，在时间维度上也跨越了数个世纪，历经了多个历史时段的复杂变迁与进展。如众周知，西班牙语世界的范围从伊比利亚半岛延续至拉丁美洲的广袤土地，涵括了西班牙、阿根廷、墨西哥、智利、委内瑞拉、古巴等 21 个国家和地区，而操用这一语言的人口数量当前则仅次于汉语与英语。论及明清小说的西班牙语翻译历程，其萌芽时期可追溯至 16、17 世纪的西班牙传教士来华时期，然而，随着历史变局的发生与西班牙汉学发展的衰退，18、19 世纪明清小说的西班牙语翻译也逐渐步入了停滞；直至 20 世纪，明清小说文本的西班牙语翻译再度获取了一些进展，而这一翻译的进展主要肇始于英语世界与西班牙语世界的文明交流之中，其中呈现与折射的是一项在这两个语际空间建构的新的对话；自 20 世纪 80、90 年代至现今，在新的历史语境之中，明清小说的西班牙语翻译在本土汉学家的推动之下也步向了初入成熟的阶段。倘若从更为宏观的视域来检视明清小说译至西班牙语的多个阶段的发展历程，且给予一个整合性的回顾与讨论，我们不难发现，这个历程实际蕴含了一项在多个主体间建构的多元、动态的对话。这一项对话并非是一个静止的在场，恰恰相反，它一直处在持续的变动之中：不仅建构翻译的对话主体接续性地发生了更替，而且每一翻译历史进程皆呈现出各自不同的特征。面对这一历程之中翻译对话主体接续性的变动，我们不得不提出的一项设问便是：16、17 世纪的西班牙的汉学家们既然已经在汉学研究拔得头筹，为何后来在明清小说文本翻译的多语际场域间，西班牙语翻译却未能占据最为重要的位置？又是什么根源性地导向了这项延续数世纪的翻译历程中的多向对话的发生？在这里我们将对这一问题提炼出一些回答的思路。

一、西班牙的汉学先驱与明清小说翻译之萌芽

在当下明清小说对外翻译的多语际场域的全球格局对比之中，与英语、法语、德语乃至日语等众多语际空间的明清小说文本的翻译相比较而言，明清小说文本的西班牙语翻译未必能在其中占领最为核心的位置。然而，与现今之格局所背反的是，在16、17世纪，西班牙传教士毋庸置疑曾是开启西方汉学研究的先驱角色。在汉学研究初创的时期，西班牙一众传教士引领且推动了汉籍的对外翻译，为东西方的文化交通的开辟与发展起到了重要的作用。当时从西班牙不远千里来到东方的传教士当中，与中国曾经发生密切联系的西班牙学者众多，包括方济各·沙勿略（St. Francois Xavier，1506—1552）、马丁·德拉达（Martín de Rada，1533—1578）、桑切斯（Alonso Sánchez，1531—1588）、门多萨（González de Mendosa，1545—1618）、高母羡（Juan Cobo，1547—1593）、庞迪我（Diego Pantoja，1571—1618）等人。事实上，在传教士的身份之外，他们也是资深的汉学家，具备精湛的中文学术修养。其中，马丁·德拉达于1575年前往中国，此后撰写了第一部汉语语法与词汇著作①，被称为西方首位汉学家；在1592年，多明我会的传教士高母羡在马尼拉翻译了明朝范立本著的劝善启蒙文本《明心宝鉴》②，这部译作成为第一部翻译至

---

① 按：该作的西班牙语全名为 *Arte y Vocabulario de la Lengua China*。
② 按：该作的西班牙语译名为 *Beng Sim Po Cam—Espejo Rico del Claro Corazón*。

西方的汉语古籍；西班牙传教士与历史学家门多萨虽未躬身踏足过中国的土地，但在 1588 年他在罗马以西班牙语出版了其最为重要的著作《中华大帝国史》①，其后，在十年内，这部著作被译为 7 种欧洲语言，并有 36 个版本在欧洲印刷出版，后来成为当时欧洲用以了解中国的最为重要的著作。此外还有众多早期西班牙传教士为中西融通与文明交流所做出的贡献，在此我们不再赘述。

在 16、17 世纪中西两国文明发生密切交集之际，明清小说通向西班牙语的翻译在传教士时期已有了短暂的萌芽。在当时，已有西班牙传教士译出《聊斋志异》的单篇内容（王丽娜，1988：228），以便作为其开展汉语学习的教材；但是，当我们对明清小说的西班牙语翻译详作梳理之后，却发现当时的西班牙传教士阶层实际上并未能更为系统与全面地译出明清小说。究其缘由，事实上，当时西班牙来华传教士的事业之重心仍是传扬与输出基督教教义，而他们推进汉籍翻译之目的主要在于更为深入地推进其传教事业，或是为西班牙王权阶层的统治提供政策咨询与依据。传教士们大抵业已深刻地意识到，儒家思想及其经典在中国传统社会与民众心理中占据了绝对主导地位。为使士大夫文人阶层能够接受基督教教义，则必然需要深入地了解儒家文化经典以及中国传统。从书籍翻译与论著撰写中，我们也可以窥见，这

---

① 按：该作的西班牙语全名为 Historia de las Cosas Más Notables, Ritos y Costumbres, del Gran Reyno de la China, Sabidas assi por los Libros de los Mesmos Chinas, Como por Relación de Religioso y Otras Personas que An Estado en el Dicho Reyno。

些传教士兼汉学家多聚焦于儒家文化典籍与西方文化典籍的翻译，而其书写多着力于向欧洲介绍中国之概况。高母羡最早译出的明朝文本《明心宝鉴》，实际上就是明朝民间广为流通的儒家通俗读物与教化启蒙文本。因此，虽然在中西两国建构的互通与对话之中已经出现了小说文本翻译的萌芽，然而，在当时迅速发展的西班牙语汉语互译的整体当中，相较于儒家经典文本的翻译而言，明清小说文本的翻译一直游离于更为边缘的位置。存在的少量的小说翻译，也多是为了语言学习之用，不过，无可否认的是，明清小说的西班牙语翻译在那时已经有了零星的萌芽。

带入文化符号学的理论视域来检视明清小说文本介入西班牙语语际空间的翻译历程，我们将能更为清晰地评判翻译与其从属的历史文化背景之间延布的密切联系以及剖析其背后流变之轨迹。文化符号学家尤里·洛特曼（Juri Lotman）曾借助拓扑学的空间、区域、边界与位移等概念，对文化符号域的空间结构作出了描述，他认为符号域（semiosphere）一方面是民族的历史、语言、观念、习俗等多个符号体系的集合，另一方面是符号存在和运作的空间及机制，既是文化存在的条件，也是文化发展的结果，与此同时，洛特曼（Lotman，1990：125）把以自然语为边界的民族文化视为一个符号域，将这一理论视域带入我们的论题之中。事实上，16、17 世纪的西班牙学者在汉学上的突破与发展也无法与当时西班牙所处的全球历史语境及其自身符号域空间的拓展割裂开来。在 15 世纪，西班牙在王权政治上获取了统一并推进了首个全球化浪潮的来临：在 1469 年，卡斯蒂利亚-莱昂王国的伊莎贝拉一世（Isabel I la Católica）与阿拉贡王子斐迪南二世

（Fernando II el Católico）的政治联姻弥合了破碎的王国，奠定了西班牙的基本版图；在 1492 年二者联手收回南部格拉纳达之后，历时漫长的收复失地运动（Reconquista）宣告完成；同年，哥伦布（Cristóbal Colón）扬帆出海，在西班牙的资助下抵达美洲，开辟了从西班牙前往美洲大陆的海上航道。从 16 世纪起，急剧涌入伊比利亚半岛的黄金白银极大地振奋了帝国实力。在西班牙政教合一的体制下，帝国君主兼是狂热虔诚的天主教徒，随着航海的持续开拓与国力的增强，依托着辽阔的殖民地，西班牙传教士的事业如火如荼地在世界范围内铺展开来。这些怀着强烈宗教热情的传教士所前往的目的国之一便是中国，而这一历史时段的"马尼拉大帆船"（El Galeón de Manila）贸易则又建立了东方、西班牙与拉丁美洲间贸易、社会、政治与文化的多重联系。从文化符号学的视域来评判当时西班牙在全球版图内势力的崛起与权力主体地位的上升，毋庸置疑，在那个历史时期，西班牙在其宗教、经济、领土、语言等多个范畴的扩张，张扬地明示了其符号域空间的边界处于不断向其外缘推进与拓展的过程之中。也恰恰在这一边界拓展的进程之中，其符号域边界得以触及其他异质文明，正是在这一历史契机下，西班牙与中国在宗教、文学、艺术等多个文化维度上产生了直接的交集。

尤为重要的是，洛特曼在阐明符号域意涵的基础上进一步指出符号域不仅具备边界性，其边界还拥有对话的机制。关于边界的定义与性质，他论述道：

The border of semiotic space is the most important

functional and structural position, giving substance to its semiotic mechanism. The border is a bilingual mechanism, translating external communications into the internal language of the semiosphere and vice versa. Thus, only with the help of the boundary is the semiosphere able to establish contact with non-semiotic and extra-semiotic spaces. (Lotman, 2005: 210)

在这里，洛特曼强调了符号域边界所具备的重要功能：边界不仅为符号域的存在及机制提供了必需的材料，它还是一种双语机制，可以把外部交流转化为符号域的内部语言，反之亦然。因此，只有在边界的帮助与作用下，符号域才能与其他异质符号空间与非符号空间之间建立联系。洛特曼（Lotman, 2005: 209）把一个符号域对其他异质符号空间（extra-semiotic space）的新型信息的接收就定义为翻译（translation）。事实上，我们在这里操用的异质符号域（heterogeneous semiosphere）这一术语，即异质文化符号所组成的符号域，实际上指涉的也就是洛特曼所论述的异符号空间。我们可以认为，翻译是两种以上的异质符号域在其边界的交集空间（the space of intersection）中所生成的文化转码现象，而文学翻译更是在两种异质符号域的交集之间建构了多元对话的审美关系。如若将达姆罗什的世界文学与文化符号学对于翻译的论述加以汇通，世界文学在翻译之中形成，也就意味着，世界文学是在异质符号域边界的对话之中形成的。

至 18、19 世纪，西班牙在争夺海外殖民地的激烈竞争之中渐处下风，无力再与英荷等新兴资本主义国家抗衡，与此同时，西班牙的汉学也走向了停滞。在该种境况下，西班牙对明清小说的翻译还未及发展成熟就已开始走向式微。与西班牙步入衰败之境况并行且构筑极大反差的则是盎格鲁-撒克逊国家的崛起。在1588 年，英国击败西班牙无敌舰队，后续率先进入工业革命，崛起为新的"日不落帝国"，至 18、19 世纪其综合国力已经领先于世界。在 18 世纪之前，英国学界对于明清小说的认知多源自从其余欧洲语言转译为英语的明清小说文本，但是，自从由东印度公司的詹姆斯·威尔金森（James Wilkinson）翻译、托马斯·帕西编撰的《好逑传》（*Hau Kiou Chuan or the Plasing History, A Translation from the Chinese Language*）于 1761 年出版问世①，英国就开启了对于明清小说的直接翻译。在 1821 年，英国的传教士与汉学家马礼逊（Robert Morrison）把志怪小说《搜神记》译为英语，并且最早向西方介绍了《三国演义》与《红楼梦》，自此往后，明清小说的翻译便在英国蓬勃地开展了起来。（江慧敏，2014：33）总之，在 18、19 世纪，西班牙符号域空间的缩减接续性地导向了其汉语典籍翻译的放缓；与此同时，虽然中国直至清朝早期仍是全球化浪潮中的积极参与者，在此时也开始固守陆地。直至 20 世纪，明清小说才真正再次重新陆续介绍与翻译至西班牙语世界，这是我们接下来要讨论的问题。

---

① 按：詹姆斯·威尔金森 1719 年携译稿归英，后来在其逝世之后，英国主教托马斯·帕西对其进行编撰并增补大量译注后出版。

二、转向的对话：从英语世界"再遭遇"明清小说

在 16、17 世纪，西班牙语世界的符号域空间处在持续的拓展过程之中，那时西班牙的传教士阶层与明清小说产生了较为短暂的历史交集，然而随着 18 世纪开始，西班牙国势的衰微与其汉学发展的停滞，在中国与西班牙两个语际文化空间之间围绕明清小说这一要题的互动也逐渐沉寂。直至 20 世纪时，西班牙语世界才再度以一种新的方式重遇明清小说文本，从某种意义上来说，在这一再度遭遇的过程之中西班牙语世界是经由英语世界"再发现"了明清小说。

当我们检视《红楼梦》的西班牙语翻译历程，就能发现这一文本在西班牙语语际空间的介入与英语世界有着颇深的渊源。谈及西班牙语世界最早对于《红楼梦》的评介，我们无可回避地需要回到阿根廷那位负有盛名的作家与评论家——博尔赫斯（Jorge Luis Borges）那里。确切地说，博尔赫斯生前从未踏足过中国，而且他并不通晓汉语，然而，在其书写中，博尔赫斯却反复提及了这个在其眼中异域、遥远的东方古国，而且他"做梦都想去中国"。在 1940 年，博尔赫斯与其挚友比奥伊（Adolfo Bioy Casares）、奥坎波（Silvia Ocampo）夫妇选编了《幻想文学集》（*Antología de la Literatura Fantástica*）一书，在该书的序言中博尔赫斯写下了西语世界第一次对于《红楼梦》的文学评介。而且，在书中博氏还特地选取了《红楼梦》中两节内容译成西班牙语，且分别将其命名为《宝玉之梦》（选自《红楼梦》第五回

《贾宝玉神游太虚境　警幻仙曲演红楼梦》）与《风月宝鉴》（选自《红楼梦》第十二回《王熙凤毒设相思局　贾天祥正照风月鉴》）。根据张汉行（1999：49）的考证，博尔赫斯对于《红楼梦》的阅读主要源自王际真的英文译本以及弗兰茨·库恩的德文译本，而其从《红楼梦》中选取与翻译并且后来收入《幻想文学集》的两章内容，亦是从英语译得而来。值得提及的是，当博尔赫斯经由英语世界的翻译文本关注到中国文学作品时，英语世界对于《红楼梦》等诸多作品的翻译已经步入成熟的阶段。早在1830年，英国人德庇时（John Francis Davis）在英国皇家亚洲学会学刊（*The Royal Asiatic Transaction*）上就发表了"On the Chinese Poetry"（《汉文诗解》）一文，讲解了《红楼梦》中的两首西江月并附其英译，该篇诗论无意中成为英国学界对于《红楼梦》的首次评介；在1892年，时任英国驻澳门副领事的裘里（Henry Bencraft Joly）将《红楼梦》译成英文。显然，博尔赫斯对《红楼梦》的探访与翻译，与其深厚的英文学养及经由英语世界对中国文学的理解是密不可分的，从博尔赫斯诸多文学评论文本之中也可以见出，翟理斯（Herbert Allen Giles）所著的《中国文学史》对他产生了极为悠远的影响，《中国文学史》中引介的包括《红楼梦》《聊斋志异》在内的多部中国文学作品，早早便引发了这位诗人与作家的关切。

　　后续《红楼梦》西班牙语全译本的翻译与出版，很大程度上也深受英译本的影响。1991年，外文局出版了《红楼梦》的西班牙语全译本（*El Sueño de las Mansiones Rojas*），译者是秘鲁的诗人、译者与评论家米尔克·拉乌埃尔（Mirko Lauer）。虽然在这部译本中米尔克未曾具体言述其翻译之途径，但是在其另一译作《易经》的译序中，米尔克曾公开表明其不通中文，而且他对于汉语文学文本的西班牙语翻译基本上是源于英文的转译，由此不难推断，其《红楼梦》译本也应是基于英文译本转译的结果。此后外文局又出版了一部译本，虽然这一版本的译者署名为Tuxi①，但是这一译本实际上就是米尔克的同一部译本。若是论及当前影响最为广泛的《红楼梦》西班牙语译本，则当属赵振江与格拉纳达诗人何塞·安东尼奥·加西亚·桑切斯（José Antonio García Sánchez）共同翻译的译本。究其渊源，这一个译本某种程度上也受到了米尔克版本的影响（赵振江，1990：325），据赵振江先生所言说，在1987年他受格拉纳达大学邀请翻译《红楼梦》时，出版社提供了一个待校阅的底稿，这一份底稿实际上也就是外文局先前基于英语转译的米尔克的译本（程弋洋，2011：152）。不过，根据译者的说法，他们原本以为只是对这一基于英语转译的译本进行校阅，但实际上最终做的不止校订，而是进行了历经多年的改译乃至重译，直至2005年三册翻译才全部出齐。在对《红楼梦》介入西班牙语语际空间的历程进行回顾与考察后，我们足以见出，《红楼梦》的英文译本及潜藏其背后的英语国家文化对该作的西语评介与翻译产生了不可忽视的影响与浓重的浸染。在这里值得补充的一点是，把《红楼梦》最早译为西班牙语的米尔克事实上还曾经从英文转译了《水浒传》《西游记》等多部明清小说文本。

---

① 按：Tuxi 为"西语图书"的拉丁字母音译缩写，代指中国外文局。

在此不妨再援引一例，前文中我们曾经提及《聊斋志异》最早的西班牙语翻译可追溯至来华传教士译出的汉西对照的单篇故事。随着历史语境的变迁，先前的翻译在西班牙语语际空间未能延续其影响，且遗稿难见。但是，在 20 世纪时，西班牙语世界与《聊斋志异》又再度发生了交汇，而这一交汇的历程与英国学界同样存在着千丝万缕的联系。早在 19 世纪时，英国学界就陆续开启了对于中国志怪小说的翻译，并且对作为中国志怪小说创作高峰的《聊斋志异》产生了尤为浓厚的兴趣。在 1867 年，英国驻华参赞与汉学家梅辉立（William Frederick Mayers）就译出了《聊斋志异》中的《酒友》《嫦娥》《织女》等单篇；在 1880 年，翟理斯又再译出了《聊斋志异》的 164 个篇目，此为英国学界第一个相对较为完整的译本。与之相比，西班牙语世界对于《聊斋志异》的再次翻译则相对晚近得多，直至 1941 年，才有一个新的译本在巴塞罗那问世。这一译本被命名为《奇异短篇》（*Cuentos Extraños*），由译者拉斐尔·德·罗哈斯·罗曼（Rafael de Rojas y Román）选取了 10 篇故事从英语转译完成，而且，在译作的序言中译者还直白地表明了其对于翟理斯的《聊斋志异》英译本的推崇之情。（罗一凡，2017：54）于此后辗转数十载后，马德里的希鲁埃拉出版社（Ediciones Siruela）在 1985 年推出了一个《聊斋志异》的选译本，其译名为 *El Invitado Tigre*，这一译本是由博尔赫斯与伊莎贝尔·卡尔多纳（Isabel Cardona）共同从翟理斯 1880 年的英译本转译而来。译本中选取了 16 篇单篇故事以及《红楼梦》中的两节内容。① 在这一译本的序言中，博尔赫斯将《聊斋志异》与《一千零一夜》作比，这一评介实际上就来源于翟理斯英文译本的序言。

在细看明清时期的诸多小说文本在这一历史时段中被译为西班牙语的历程之后，我们便产生了这样一种思考：围绕明清小说文本的西班牙语翻译而开展直接边界对话的异质符号域之主体场域发生了一个关键性的转变。在16、17世纪时西班牙正处于自身符号域之场域的向外拓展之中，在那时，在西班牙与中国两个主体场域之间由传教士阶层直接建构了对话的通渠；然而，在西班牙的汉学历经弥久的停滞之后，当西班牙语世界于20世纪再度遭遇明清小说文本之时，西班牙与拉丁美洲诸国学界对于明清小说文本发生认知的直接源流已经由中国本土转向了英国学界。在这一历史时段中，诸多译家开展的明清小说的西班牙语翻译受到了来自英国学界的无可回避的浸染与影响。换言之，随着全球整体权力格局的变迁，就明清小说的西班牙语翻译这一论题而言，这一异质符号域边界对话的主体转变为西班牙语世界与英语世界。不过，这一格局随着时间的推移还将生发出新的发展，异质符号域边界之对话也再度产生了新的变化。

三、步向成熟的西班牙语世界本土汉学与明清小说西译

自1975年开始，西班牙从佛朗哥（Francisco Franco）的威

---

① 按：该两节内容先前收录于博尔赫斯编著的《幻想文学集》。

权主义政治与文化压抑中解脱出来；几乎与此同时，中国的改革开放也为本国带来了重大的经济、社会与文艺思潮的复苏与变革；在全球语境下，由现代性主导的技术更新与信息互动便捷时代恰逢到临。在新的历史语境中，中国与西班牙语世界的文化边界在对外寻求拓展的过程中再度发生了直接的交汇。在这一历史时段之中，明清小说文本的西班牙语翻译又产生了新的发展态势，逐渐步向了由西班牙主导的西班牙语世界本土汉学与翻译上升的新阶段。

在这一时期，中国和西班牙与拉丁美洲之间催生了新的边界对话，而推动这个新的边界对话的一个至关重要的变化与动因便是汉学的逐渐成熟与汉学家的成长——以西班牙为主导的西班牙语世界的本土汉学发展到了初入成熟的阶段，一代汉学家也取得了骄人的翻译成就。毋庸讳言，当今西班牙语世界最为重要的几位汉学家诸如雷林科（Alicia Relinque Eleta）、拉米雷斯（Laureano Ramírez Bellerín）、苏亚雷斯·吉拉德（Anne-Hélène Suárez Girard）等人，都隶属于这一代学者，他们正是在20世纪70年代中后期至80年代来华学成后又陆续返回了西班牙。这批汉学家的成熟与耕耘对于明清小说在这一历史阶段更为深入地介入到西班牙语世界发挥了极为关键的作用。

在上文中我们曾经论及《聊斋志异》在初期是如何传入西班牙语世界的以及英语世界对明清小说的西班牙语译本所发挥的深远影响，及至20世纪80、90年代西班牙汉学逐渐步向成熟之际，《聊斋志异》的西语翻译也再度获取了新的发展。在1985年，《聊斋志异》的又一重要译本问世了。这一个译本便是由汉学家拉米雷斯与劳拉·罗维塔（Laura A. Rovetta）共同自汉语直接译至西班牙语的。这个译本收录了 105 篇故事，遵循的原著是 1979 年由上海古籍出版社发行的乾隆十六年（1751 年）的铸雪斋抄本，相对之前的几个西班牙语译本而言，这无疑是一个相对完整得多的译本。（古孟玄，2014：62）《聊斋志异》另有一个译本，在 19 世纪 90 年代初期由恩里克·加通（Enrique P. Gatón）与伊梅尔达（Imelda Huang Wang）二人合力从汉语直接翻译并出版。

《聊斋志异》的译者拉米雷斯于 20 世纪 60、70 年代中后期来华，数年后返西并执教于巴塞罗那自治大学东亚系。凭借其颇为丰硕的译著与精湛的译笔，拉米雷斯在西班牙语世界的汉学界赢得了较高的声誉。在《聊斋志异》之外，拉米雷斯还曾经译出了《儒林外史》与《元朝秘史》等诸多作品，在 1992 年，他以《儒林外史》的西译摘取了西班牙最为重要的翻译奖项——西班牙国家翻译奖，这无疑意味着西班牙本国语境下学界与民众对其译著的认可。较之于其他的欧洲语言译本，《儒林外史》在西班牙翻译出版的时间确然较晚，其法语节选译本早在 20 世纪 30 年代就已诞生（全译本于 1976 年推出），然而，这一作品直至 1991 年才由拉米雷斯自汉语译为西班牙语。尽管译出的时间更为晚近，但拉米雷斯凭借其深厚的汉语学养与令人称道的译笔，成功地推动了这部小说在西班牙语世界的传播。值得一提的是，汉语典籍的西译并非易事，西班牙语、汉语二者原本就从属于两套迥异的文字符号系统，一为音素文字（phonemic language），一为语素文字（logogram），二者在语言的形态及本质上就呈现了本质性的差异；与此同时，每一时代的汉字思维观念及其特性也不全然相同，诸多明清小说中所操用的汉语历经演变与更替，与现今之汉语相比有着不少差异，将其翻译至西班牙语也自然复杂且艰难了起来。作为一位汉学家，拉米雷斯对于汉语言文字与其翻译有着独到的见解，这一点从其论著《从汉字到语境：现代汉语翻译理论与实践》（*Del Carácter al Contexto. Teoría y Práctica de la Traducción del Chino Moderno*）中诸多对于翻译理论与翻译策略的探讨中也可见一斑。他对于翻译的思索也融汇于其翻译创作之中。例如，为了重现《儒林外史》中吴敬梓借古喻今的写作手法，且体现出作品中操用的汉语与当代汉语之间的差异，拉米雷斯在翻译《儒林外史》时，还调用了一批18世纪的古西班牙语词汇，既重现了"写前朝之事"的基调，为译本的读者营造了一种阅读过去的效果，也带来译本读者与原文读者相近的阅读体验，以此巧妙地寻索翻译之中的动态对等，也可谓是用心良苦的"创译"。在这里我想强调的是，唯有造诣精深的译家，才能在完整地融通汉语语境原文文本的基础上，完成较为准确且融合自身翻译理念的、具有较高水准的译本。事实上，在这一译本之外，1993年外文局亦有另一个《儒林外史》的译本，然而其传播与影响却不及拉米雷斯的译本。

又者，雷林科与拉米雷斯为来华学习的同一代学人，她也是当今西班牙语世界最重要的汉学家与译家之一。深耕于中国古典文学的研究与翻译的雷林科先后译出了文学理论专著《文心雕龙》与《文赋》，并且推动了明清小说在这一新历史时期的西译。她不仅协助赵振江先生完成了《红楼梦》西班牙语译本的校对，更是历时多年完成了《金瓶梅词话》的翻译并在 2010 年出版；与此同时，其相关的研究论著包括了《中国叙事：唐朝至二十一世纪的小说及非文学书写》（*Narrativas Chinas：Ficciones y Otras Formas de No-literatura de la Dinastía Tang al Siglo XXI*）与《古代中国的权力建构》（*La Construcción del Poder en la China Antigua*）等。经过探查多位汉学家的学术轨迹，我们不难见出，在西班牙本土汉学逐渐步入成熟之后，围绕着明清小说，有数位优异的西班牙汉学家再次建构起了与中国之间的直接对话。客观地讲，较之转译的作品，这些汉学家从汉语直译的作品在目的语（target language）语境中的认可度确然更高。前有拉米雷斯因翻译《儒林外史》荣膺西班牙国家翻译奖，2017 年雷林科也因其丰硕的翻译与研究工作荣获西班牙第一届黄玛赛（Marcela de Juan）翻译奖与中华图书特殊贡献奖。[①] 就在雷林科译出《金瓶梅》的同一年，有另一从英文转译而来的《金瓶梅》译本在西班牙出版，但从其影响的广度与深度来评判，如若与雷林科的译本相较，仍是难与之匹敌。的确，从翻译批评（translation criticism）的角度而言，一部译本如果要较为成功地进入新语际空间并且发展为新语境下的历史流传物（Überlieferung），成熟的汉学发展与功力深厚的译家必然是极为重要的因素。

透过检视这一翻译历史时期的发展，我们可以窥见，在明清

---

① 按：黄玛赛（Marcela de Juan，1905—1981），中国比利时混血，其父为清朝驻西班牙公使。其在西班牙生活多年，翻译了诸多作品并为促进中国与西班牙在 20 世纪的文化交流发挥了重要作用。为纪念其为中西文化交流所做出的贡献，西班牙特设立了该翻译奖项。

小说的西班牙语翻译之中，在上一历史时期中由英语世界直接施加于西班牙语世界的影响有着相当程度的减缓，从20世纪80年代开始，取而代之的是由汉学家建构与推进的西班牙语世界与中国之间的直接对话。在这个对话之中，恰是这一代汉学家的成熟对明清小说西班牙语翻译的新发展起到了关键性的作用。与此同时，西班牙与中国社会对诸多新时期西班牙汉学家译作的较高的认可，则正好契合了美国汉学家宇文所安（Stephen Owen）对于汉籍翻译的论断——"汉籍翻译主要应当依靠本国汉籍人才的培养"（许渊冲，2017：5），实际上宇文所安的这一观点与翻译史学家马祖毅（1997：7）对于汉籍翻译的论点也是一致的。严格地说，当前西班牙的汉学研究主要还是大学机构的产物，目前在西班牙有多所高等院校开设了东亚研究专业或者提供硕士课程①；在拉丁美洲，开设汉语或东亚研究专业的大学仍然较为有限，但也有一些进步，结合近年来多个孔子学院的设立，也将为未来的汉学与汉籍翻译的发展注入新的活力。

  思考到这里，我们对于明清小说进入到西班牙语世界的数个历史阶段的发展有了一个较为宏观的把握，并且，我们看到这个漫长的过程中，存在多个异质符号域在其边界所推动的对话。这里有必要特别指出的是，在全球化互动时代的语境之下，异质符号域边界的交融与对话，并非表征为单纯的一对一的对话，而是表征为多个异质符号域间多向、混杂、动态的对话。同样，国族

---

① 按：开设东亚研究专业的相关大学为马德里自治大学、格拉纳达大学、萨拉曼卡大学、塞维利亚大学、巴塞罗那自治大学、马拉加大学、阿利坎特大学、庞培法布拉大学等。

文学到世界文学的翻译传播，不仅是简单的源语与目的语之间的语码转换（code-switching）过程，也并非一个封闭的、一贯的源语至目的语的语言传播，实则在源语言以外的多语际空间之间，即多个异符号域之间，还延布着多重紧张而密切的互动关系。该种境况下，多个异符号域之间历时性的权力关系变动，深刻地影响了异符号域间的对话主体与对话关系的变化。在上述世界文学与文化符号学的视域下，当我们回溯与考查明清小说在西语世界翻译与传播之进程可以发现，明清小说的西班牙语翻译历程流变之中，蕴含诸多起承转合，且其间涉及的也远非一个西班牙语与汉语之间的语言转换问题。如果继续将这一思考推向更深的层面，实际上其中隐匿的是异质符号域间的权力关系的变化所带来的对话的变化。

四、异质符号域多向对话中的权力关系

后结构主义哲学家福柯（Michel Foucault）透过其对知识考古学与权力谱系学的讨论，曾做出一项颠覆性的提醒：权力关系无处不在。其中，权力可以分为显性（visible）、刚性（hard）的权力与隐性（invisible）、柔性（soft）的权力，显性、刚性的权力容易被体察，而隐性、柔性的权力则是不直接体现。这里，福柯所强调的权力并非西方政治哲学中支配-压抑的权力观，而是强调"权力是关系、是网络、是场，强调权力的分散性与多元性"。（王治河，1999：159）他的定义中，"权力不是一个机构，一种结构或一种某些人被赋予的力量；它是给定社会中复杂策略

关系的总称",并且"权力本质上是一种力量关系"。带入这一视域,细看全球文明的多个异质符号域之间,实际也延布着复杂、多变、杂糅的权力关系,而作为符号域的边界对话而出场的翻译,在文明间权力关系的变动之中,成为多向对话与权力关系的一种诚实的映射。

第一,全球文明主体实力的变动与重心的转移,导致各主体间权力关系的变化,而权力关系的变化,则会带来异符号域之间的边界对话主体的改变。我们由此检视明清小说西班牙语翻译的发展流变之轨迹,可以将其分为以下几个主要的阶段:在第一阶段,在西班牙、葡萄牙引领的全球化发展阶段,西班牙与中国发生了直接的边界对话,明清小说的西班牙语翻译,在这个阶段短暂地萌芽了。第二阶段,西班牙走向衰落之际,明清的中国也步入自封于大陆的历史时期,二者间的互动由此迈入了停滞,在明清小说的西班牙语翻译方面,取而代之的,是崛起的英国与西班牙之间的新型关系,西班牙在这个历史时期,从英国辗转再度与明清小说发生了遭遇。第三阶段,由于西班牙走出独裁政治的阴影,而中国的经济实力有所上升,同处于新的全球互动时代的两个异符号域的再度交叠,促进了新生译者的成长,这使得明清小说的西班牙语翻译迈向了一个新的成熟阶段。透视明清小说的西班牙语翻译进程,可以较为清晰地觉察到,其主要脉络始终处在持续的转变过程之中。这一语境里,翻译并非静止的一对一的文字转码,还牵涉且卷入了文明间的对话格局与关系之中。随着文明的变迁与权力的兴衰,一个文明的边界(boundary)不断在发生移动、扩张抑或压缩。哈佛大学政治学教授塞缪尔·亨廷顿

(Samuel P. Huntington，2010：53）在《文明的冲突与世界秩序的重建》这本政治学经典论著中，对于文明实力与其语言范围的正相关关系，曾论及："语言的范围与文明的实力之间存在密切的关系。"阐发开来，语言恰好又是翻译所栖居且无法摆脱的能指符号，自然而然，在这种逻辑推演下，翻译与文明变迁之间也便存在着一种紧密的张力：强势文明扩张其边界，触及遥远边缘的文明，触发了对话主体之间关系的改变。实际上，在一部作品由民族文学走向世界文学的历程之中，必定经历一个尤其复杂的互动与转变过程。在多个符号域互动的动态过程中，翻译与符号域间权力关系的变化之间必将表现出微妙而密切的关系。

第二，每一历史时期的异质符号域对话主体之间，还存在由其各自所处历史发展阶段不同而引致的力量悬殊与对比差异，因而，在各对话主体之间也存在着权力差异，而这种强势文化与弱势文化之间的权力差异，将会直接影响边界对话，也就是翻译的方向与内容。翻译的文化研究已经揭示，异质符号域之间的传播方向，主要表征为强势文化至弱势文化的输出，这种输出的效应是对原本的权力关系的强化。这一项论断准确地解释了缘何在英国的实力上升之后，明清小说的翻译是由英国扩张其影响至西班牙，且是从英语转译至西班牙语，而并非是相反的情况。并且，诚然现下西班牙的汉学已经初入成熟，但是如果对当前的翻译展开细致的分析，我们将能够发现的是，英语对于西语世界的汉籍翻译仍然不无影响。另一方面，在翻译的发展进程中，也存在从弱势文化至强势文化的逆向输出，然而，需要注意的是，这种输出通常是极具选择性的。16、17 世纪，在当时开展的众多西班牙语翻译与书写之中,传教士们对于儒家经典文本的翻译尤为重视,对小说文本的翻译相对而言较为忽视,也正说明了西班牙传教士们无不是在践行一种无意识或是刻意的筛选,并迎合其所归属的符号域主体的某种需求。那么,这种筛选下的翻译,究竟是出于其客观的汉学研究,还是更多在服务西方中心主义的殖民统治,抑或是东方主义式的异域想象与猎奇呢?这构成了一个值得思索的问题。换言之,在符号域边界的对话上,同样存在有中心-边缘的关系,就传教士时期明清小说的西班牙语翻译而言,其无疑处于符号域边界对话的边缘,这自然是由当时的历史政治环境所决定的。而传教士选择翻译哪些著作,对于翻译内容的筛选背后无不存有这层选择机制与权力关系。事实上,对于翻译现象背后社会深层政治文化结构与权力关系的探寻,恰好与翻译研究领域的"文化转向"是契合的,后殖民理论批评家斯皮瓦克(Gayatri C. Spivak)在《翻译的政治》也正是从这一进路展开其对于翻译的研究。

  翻译是一种社会实践,在这一文化资本与符号的再生产过程之中,渗透了多层的权力。其中最基本的一层关系,便存在于异符号域之间的基本对话格局之中。有趣的正是,翻译的出场与符号域主体之间的权力关系变化之间,延布着一种永恒的紧张。不管是翻译的方向或者是翻译的内容,其背后牵涉的,不单是文本转换与译者,从一个整合性的视角来考察,这一翻译的出场与文明实力的变迁与关系无不有着密切的关系。从西班牙传教士的汉学萌芽与零星译出的明清小说起始,到其步入停滞,再发展至由英语世界重新发现并且认识明清小说,以及直到 20 世纪晚期西班牙与中国的直接交往与本土汉学的发展,其间无不维系着如此一种张力。翻译的发展与流变不是一种静止的在场,相反,它是一个多元的、动态的过程。并且,我们可以断言的是,只要有不同的文明存在,就会有异符号域与边界存在,正因为此,翻译亦将一直存在。在此种动态的异符号域的互动之中,翻译,作为一个远远超出语言转码之上的问题,正深刻而敏感地映射了各文明主体间权力关系与其文化边界的交锋与对话。这也正是对达姆罗什精确的"椭圆折射"的比喻的一种遥远呼应、诠释与补充。而明清小说正是这样在各语际间不断的翻译与传播的流动过程当中,在纷繁与复杂的多向对话过程之中,由国族文学跨越了界限,走向了西班牙语世界,并同其他多个语际空间的翻译,汇流成为世界文学的一个部分。

第三节 影响明清小说西班牙语翻译与传播的多元因素

在上一节中,笔者针对明清小说文本在西班牙语世界的翻译历程与其背后深层次的异质符号域之间的权力关系,分不同的历史时段做了一个宏观的回顾。在本节的讨论中,我们将细致地展现这一历程之中具体的译本出版信息,并且在此基础上试图对影响明清小说在西班牙语世界翻译传播的多元因素加以剖析与思考。

一、译本的具体出版信息

首先,利用整合且获取到的译本出版的资料,我们可以较为清晰直观地看到明清小说的诸多译本在西班牙语世界的出版与流传,具体的信息如表 1-1 所示。

表 1-1 出版信息整理

作品	出版年份	出版社	译作	译者
《聊斋志异》	1941	亚特兰蒂斯出版社(Atlántida)	Cuentos Extraños	Rafael de Rojas y Román
《西游记》	1945	塞万提斯出版社(Cervantes)	Mono	Luis Mz. Elen
《肉蒲团》	1978	布鲁格拉出版社(Bruguera)	Jou Pu Tuan:Novela Erótica China	Beatriz Podestá
《白蛇传》	1981	外文出版社	La Serpiente Blanca, Narraciones Folklóricas	未详
《聊斋志异》	1982	雷加萨出版社(Legasa)	Los Fantasmas del Mar	Carmen Salvador
17 世纪中国短篇故事	1983;1992;2003	特奥雷玛出版社(Teorema);电讯出版社(Edicomunicación)	Cuentos Amorosos Chinos. Clásicos del Siglo XVII	未详
《金瓶梅》	1984	贝里奥迪卡出版社(Libros y Publicaciones Periódicas)	Loto Dorado:Hsi Men y sus esposas	María Antonia Trueba
《聊斋志异》	1985	希鲁埃拉出版社(Siruela)	El Invitado Tigre	Isabel Cardona; Jorge Luis Borges(英语转译)

(续表)

作品	出版年份	出版社	译作	译者
《聊斋志异》	1985；2004	阿联萨出版社（Alianza Editorial）	Cuentos de Liao Zhai	Laura Rovetta；Laureano Ramírez Bellerín
《西游记》	1986	阿尔特亚出版社（Altea）	El Rey de los Monos y la Bruja del Esqueleto	Mario Merlino（英语转译）
《聊斋志异》	1987	德芬萨出版社（Defensa）	Extraños Cuentos de Liao Chai：Auténticos y Clásicos Cuentos Chinos	Kim En-Ching；Ku Song-Keng
《聊斋志异》	1987	克里塞卢出版社（Kriselu）	Itsasoko mamuak（巴斯克语）	Karlos Santisteban Zinarro
《聊斋志异》	1988	拉巴鲁基金会出版社（Labayru Fundazioa）	Ipuinak（巴斯克语）	Jabier Kalzakorta
《红楼梦》	1988	格拉纳达大学出版社（Universidad de Granada）与外文出版社	Sueño en el Pabellón Rojo. Memorias de una Roca	Tu Xi
《红楼梦》	1988；2009；2017	格拉纳达大学（Universidad de Granada）与外文出版社；古腾堡星系出版社（Galaxia Gutemberg）与格拉纳达大学出版社	Sueño en el Pabellón Rojo. Memorias de una Roca	赵振江；José Antonio García Sánchez
《红楼梦》	1991	外文出版社	El Sueño de las Mansiones Rojas	Mirko Lauer
《儒林外史》	1991；2007	塞克斯·巴尔出版社（Seix Barral）	Los Mandarines.（Historia del Bosque de los Letrados）	Laureano Ramírez Bellerín

(续表)

作品	出版年份	出版社	译作	译者
《聊斋志异》	1992	蒙达多里出版社（Mondadori）	Historias Fantásticas de un Diletante	Imelda Huang；Enrique P. Gatón
《三国演义》	2012	外文出版社	El Romance de los Tres Reinos	María Teresa Ortega；Olga Marta Pérez.
《水浒传》	1992；2010	外文出版社	A la Orilla del Agua	Mirko Lauer；Jéssica Mc Lauchlan
《儒林外史》	1993	外文出版社	Rulin Waishi：Historia Indiscreta del Bosque de Letrados	未详
《肉蒲团》	1992；2000	图斯格出版社（Tusquets）；读书会出版社（Círculo de Lectores）	La Alfombrilla de los Goces y los Rezos	Iris Menéndez（英语转译）
《西游记》	1992；2004；2014；2019	希鲁埃拉出版社（Siruela）	Viaje al Oeste：las Aventuras del Rey Mono	Imelda Huang；Enrique P. Gatón
《株林野史/痴婆子传/如意君传》	1997	图斯格出版社（Tusquets）	Bella de Candor y Otros Relatos Chinos	Mercedes Corral；María Corral（法语转译）
《聊斋志异》	2001	瓜登克莱玛出版社（Quaderns Crema）	Contes Estranys del Pavelló dels Lleures（加泰罗尼亚语）	Chin Chün；Manel Ollé
《老残游记》	2004	文坛出版社（Cátedra）	Los Viajes del Buen Doctor Can	Gabriel García Noblejas
《金瓶梅》	2010	亚特兰大出版社（Atalanta）	Jin Ping Mei	Alicia Relinque Eleta
《金瓶梅》	2010	命运出版社（Destino）	Flor de Ciruelo en Vasito de Oro	Xavier Roca-Ferrer

(续表)

作品	出版年份	出版社	译作	译者
《西游记》	2010	外文出版社	Peregración al Oeste	Mirko Lauer; Jéssica McLauchlan
《三国演义》	2012	外文出版社	El Romance de los Tres Reinos.	María Teresa Ortega; Olga Marta Pérez
《肉蒲团》	2019	维尔布恩出版社（Verbum）	El Erudito de Medianoche o La alfombrilla de los Goces y los Rezos	Enrique Gallud Jardiel
《三国演义》	2019	埃斯弗拉出版社（La Esfera de los Libros）	El Romance de los Tres Reinos. La Batalla del Acantilado Rojo	Ricardo Cebrián Salé

在2018年，五洲传播出版社出版了一批改编版的古典文学作品，其中包括多部明清小说，例如《红楼梦》《水浒传》《三国演义》《西游记》等。具体信息如表1-2所示。

表1-2 改编版明清小说（五洲传播出版社）

作品名（西语）	作品名（中文）	出版社	作者	改编
El Sueño de la Mansión Roja	《红楼梦故事》	五洲传播出版社	Rodolfo Lastra Muela	王国振
Los Bandidos del Pantano	《水浒传故事》	五洲传播出版社	Rodolfo Lastra Muela	王国振
Romance de los Tres Reinos	《三国演义故事》	五洲传播出版社	Rodolfo Lastra Muela	王国振
Viaje al Oeste con el Mono de Piedra	《西游记故事》	五洲传播出版社	Carlos M. Martínez	潘允中

《西游记》是较早被译为西班牙语的明清小说之一，早在

1945 年，西班牙就曾经出版过一部译名为《猴王》(Mono) 的译本，译者是路易斯·马丁内斯·埃伦（Luis Martínez Elen），但是这一译本距今时间较为久远，目前在市面上已经难觅踪迹。当前较为经典的译本是在 1992 年出版的，这一译本是由恩里克·加通（Enrique P. Gatón）与伊梅尔达（Imelda Huang Wang）这对译者伉俪共同完成的。这一译本由西班牙《国家报》(*El País*) 的评论家赫苏斯·费雷罗（Jesús Ferrero）作序，由马德里的希鲁埃拉出版社出版，目前已经重版了三次。依据西班牙籍学者与汉学家雷孟笃（José Ramón Álvarez）对于这一译本所作出的评论，这两位译者的译笔相当出色。此外，还存在一个《西游记》的早期西语译本，名为《美猴王与白骨精》(*El Rey de los Monos y la Bruja del Esqueleto*)，在 1986 年由马德里阿尔特亚出版社（Altea）出版。值得注意的是，在翻译作品的传播之外，1986 年版本的《西游记》的相关影视剧也传播到大洋彼岸，在墨西哥和哥伦比亚电视台播放。

《聊斋志异》的翻译在西班牙语世界也开始得较早，并且目前已经存在多种西班牙语的译本。早在 1941 年，《聊斋志异》便由拉斐尔·德·罗哈斯·罗曼（Rafael de Rojas y Román）从英文译为西班牙语。在 1982 年，在西班牙语世界又诞生了一个译本，这一译本的译者是卡门·萨尔瓦多（Carmen Salvador），由阿根廷的雷加萨出版社（Legasa）出版。1985 年，伊莎贝尔·卡多纳（Isabel Cardona）与博尔赫斯（Jorge Luis Borges）从《聊斋志异》中选取了一些篇章，将之从英语翻译为西班牙语。在同一年，在西班牙还诞生了劳拉·罗维塔（Laura Rovetta）与拉米雷斯从汉语直接翻译的译本。此后，在 1987 年、1988 年以及 2001 年又分别诞生了多个译本。可以说，在西班牙语世界，《聊斋志异》的翻译版本是颇多的。不过，这其中并非所有的译本都是全译本，实际上绝大多数的译本是从《聊斋志异》中择取了一部分篇章进行了翻译，也有一些译本是从其他的语言转译而成西班牙语的。

有关《红楼梦》的翻译历程，我们在上一节的讨论中曾经有所提及。在早年博尔赫斯评介《红楼梦》之后，在 1988 年，格拉纳达大学出版社与外文出版社合作出版了译者署名为 Tuxi 的译本。同年，赵振江与何塞·安东尼奥·加西亚·桑切斯合作翻译的版本也由格拉纳达大学与外文出版社合作出版，并且这一译本后来由格拉纳达大学出版社与古腾堡星系出版社合作屡次再版。1991 年，外文出版社亦出版过由米尔克翻译的译本。

在 1992 年，外文局出版了《水浒传》的第一个西译版本，译者也为米尔克。在 2010 年，外文出版社出版了其汉西对照版本，译名为 *A la Orilla del Agua*，这一个译本是由米尔克与杰西卡·麦克劳兰（Jéssica McLauchlan）共同合作完成的。然而，对于这一译本，有一些评论文章曾经指出，这个版本的翻译并不尽如人意。事实上，这一译本也主要是从英语转译完成的。基于同一译本，目前共有两个不同的版本，第一个版本是四册的口袋书版本，现已绝版；第二个版本是目前的汉西双语对照的五册版本。此外，《水浒传》在西班牙还被改编为其他的形式进行传播，例如儿童动画故事以及游戏等，甚至有一部基于《水浒传》完成创作的日本电视剧曾经也在西班牙 TVE 电视台播出。

《三国演义》的西班牙语译本诞生得相对较晚。外文出版社曾出版了其西班牙语译本，该译本由古巴籍译者玛丽亚·特蕾莎·奥尔特加（María Teresa Ortega）与奥尔加·玛塔·佩雷斯（Olga Marta Pérez）翻译完成，于 2012 年出版。另有一个译本自 2014 年至 2019 年按照章节出版陆续出版完成，译者为里卡多·塞布里安·萨雷（Ricardo Cebrián Salé）。在西班牙语世界不乏对于这部作品的阅读兴趣，《三国演义》不仅有多个译本在诸多图书馆中有馆藏，该作品还通过游戏、动漫、电影等不同的传播方式在西班牙以及拉美传播，并且在一定程度上产生影响。此外，还有一个译本是由艾里尔·阿列夫（Ariel Allev）翻译完成的，尽管该译本未正式出版纸质版本，但是在 kindle 电子阅读平台开放了购买阅读。

《金瓶梅》在西班牙语世界也先后诞生了多个翻译版本。在这些译本之中，认可度相对较高的是汉学家雷林科从汉语直译为西班牙语的版本，这一译本于 2010 年问世。此前，在 1984 年，玛丽亚·安东尼娅·特鲁埃巴（María Antonia Trueba）曾经将之译为西班牙语，在贝里奥迪卡出版社（Libros y Publicaciones Periódicas）出版。在 2010 年，西班牙的命运出版社（Destino）还出版了由哈维·罗卡·费勒（Xavier Roca-Ferrer）所翻译的版本。

除了上述作品以外，在西班牙语世界已经翻译的明清小说还有《儒林外史》《元朝秘史》《老残游记》《白蛇传》等。其中，《元朝秘史》的翻译也是由拉米雷斯完成的；《老残游记》的译者则是格拉纳达大学翻译系的加布里埃尔·加西亚·桑切斯·诺布雷哈斯（Gabriel García Noblejas）。除此之外，在西班牙还有出版社翻译出版了《肉蒲团》与《株林野史》等艳情小说。另外，五洲传播出版社也推出了一系列明清小说改编简化后的译本，例如《红楼梦故事》《水浒传故事》《三国演义故事》等。

值得一提的是，重译这一现象往往频繁地出现在一些经典名著的翻译过程中，正如《堂吉诃德》在中国前前后后有几十个版本，《红楼梦》《聊斋志异》《金瓶梅》等在西班牙也存在数个翻译版本，在明清小说之外，其余的一些古典著作例如《孙子兵法》《诗经》《易经》也都有不止一个翻译版本。

当我们全面地衡量目前已有的明清小说文本的西语译本的概况，我们意识到，虽然目前明清小说乃至中国文学在西班牙语世界已经产生了相当数量的译著，实际上在作品的翻译方面还有诸多继续拓展深入的空间，还有不少优秀的作品有待翻译。例如，明代长篇小说诸如熊大木的《北宋志传》、郭勋的《皇明英烈传》、许仲琳的《封神演义》、董说的《西游补》与西周生的《醒世姻缘传》等都是文学史上较为优秀的作品，但是仍然还未有译本在西班牙语世界出版。另外，一些明代白话短篇小说，如"三言二拍"，以及清代的长篇小说如《绿野仙踪》《隋唐演义》《说岳前传》《女仙外史》《镜花缘》《雷峰塔传奇》等，目前也还没有相应的译本。另外，还有一些优秀的话本小说和白话短篇小说也还有待翻译。而且，在目前已经在西班牙语世界传播的明清小说的译本之中，有不少译本还不是从汉语翻译的，而是从其他语种转译完成的。

二、影响明清小说西班牙语翻译发展与传播的多元因素

我们在上一节之中分析了异质符号域的多向对话与权力关系变化对于明清小说在西班牙语世界的翻译所造成的基本影响,事实上,除此之外,还有一系列多元的外部因素在接续性地影响着明清小说等中国文学传播至西班牙语世界的过程。具体而言,我们将从译者群体、出版机构、相关文化交流平台以及古典文学翻译现状等几个方面进行梳理与探析。

(一)译者与汉学家群体的发展

惯常而言,汉语典籍的翻译与译者群体的形成与发展之间存在着密切的关系。关于译者身份这一问题,有学者倡导主要应当大力培养当地译者,这样才能有效地促进翻译事业的繁荣与文化的流动与传播。正如翻译史研究学者马祖毅(1997:7)曾经评论道:"汉籍的翻译人才,主要是依靠本国国内培养,培养的办法便是建立和发展汉学。"美国汉学家宇文所安也曾表达过类似的观点,他认为,发展汉学是推动汉籍翻译的极为重要的因素。(许渊冲,2017:5)翻译人才的数量与汉学的发展往往直接影响着翻译的发展进程,一般情况下,译者数量越多,水平越高,产出的译著则越多越精,同样,汉学发展得越兴盛,汉籍的翻译亦越是丰富,总之,目的语国家汉学发展的程度对翻译的发展有着重要的影响。

与此同时,在翻译研究领域有学者曾经总结道:"在翻译界

一致认可的翻译模式是汉学家译者模式或汉学家与中国学者相结合的翻译模式。"（岑群霞，2015：137）从国别来看，将明清小说译为西班牙语的译者既有中国人也有西班牙人，换言之，既有译入母语的译者，也有从母语译出的译者，但总体而言，在译者当中，西班牙语世界译者的比例大于中国译者的比例。另外，有一些翻译是中外译者合作的结果，例如我们提到的《红楼梦》的翻译，便是译者赵振江与格拉纳达当地诗人何塞·安东尼奥·加西亚·桑切斯合作完成的。

当我们查看明清小说在西班牙语世界的翻译之时，便能发现，当前明清小说西译本的译者主体与西班牙语世界汉学研究的发展有着紧密的关联。诸多出色的译者兼汉学家都供职于西班牙语世界的数个重要汉学研究中心。以西班牙为代表，该国的汉学家多集中于马德里、格拉纳达与巴塞罗那的大学的汉学研究中心。其中，巴塞罗那自治大学、格拉纳达大学与马德里自治大学等大学孕育了一批代表性的译者。这些译者各有专攻，其中一部分主要关注古典文学的翻译与研究，一部分则主要在现当代文学领域耕耘。他们当中的一部分人是在 20 世纪 80 年代来到中国的，并在中国完成了学术培养积累了深厚的汉语底蕴。其中一些汉学家译者还对自己的翻译进行了理论化的总结，例如拉米雷斯在除了翻译文学作品以外，还著有关于翻译的教学手册与学术专著，为汉西翻译的教学提供了诸多有益的信息与资料。

在西班牙语世界，翻译明清小说的译者以西班牙资深的汉学家为主，这些学院派汉学家的翻译水准大多都得到了业内人士的认可，这也体现在他们所获得的许多重要的翻译奖项上。接下来，我们将在此对翻译明清小说的代表性译者做一个简要的梳理。

1. 劳雷亚诺·拉米雷斯（Laureano Ramírez Bellerín）

现任职于巴塞罗那自治大学的拉米雷斯出生于 1949 年。1975 年，拉米雷斯在马德里康普顿斯大学获得了心理学学士学位。后来，他通过了西班牙外交部的考试，并远赴刚成立不久的西班牙驻中国大使馆工作。在那里，他逐渐萌生了对中国语言和文化的热爱。1980 年，拉米雷斯辞去外交官的工作，并在中国重新开始修习中文本科学业。1983 年，他在北京语言文化大学获得了中文专业的本科学位。后来，拉米雷斯在巴塞罗那自治大学获得了博士学位并在那里任职。

拉米雷斯有着相当丰富的译著作品，他翻译了《儒林外史》《孙子兵法》《聊斋志异》《元朝秘史》等作品，除此之外，他还曾经翻译了沈从文的一些作品。1992 年，他凭借出色的《儒林外史》的西译本荣获了西班牙国家翻译奖。除了翻译文学作品以外，他还撰有汉西翻译相关的教学手册与学术专著，例如《从文字到语境：现代汉语翻译的理论与实践》（*Del Carácter al Contexto：Teoría y Práctica de la Traducción del Chino Moderno*）以及《汉语西班牙语翻译手册》（*Manual de la Traducción Chino/Castellano*），书中着重探讨了汉西翻译的难点与技巧，为汉西翻译的教学提供了诸多有益的资料与思考。

同样就职于巴塞罗那自治大学的苏亚雷斯·吉拉德教授也是著名的翻译家，她不仅翻译了《道德经》与《论语》等经典作品，还翻译了王维、白居易、李白的诗歌，不过，她未有翻译过明清时期的小说文本。

2. 阿利西亚·雷林科（Alicia Relinque Eleta）

阿利西亚·雷林科出生于 1960 年，是格拉纳达大学文哲系的教授。她毕业于马德里自治大学的法学专业，在学习法学专业的同时，雷林科在课余开启了对于汉语的学习。此后，出于对汉语学习的热情，在 1984 年她赴巴黎七大继续修读东亚语言与文明的硕士。在 1985 年，她抵达北京，并在接下来的四年在北京大学完成了硕士课程的学习。1991 年，雷林科回到巴黎七大，完成了硕士阶段的学习。此后，她在西班牙格拉纳达大学以《文心雕龙》的翻译与研究获得了博士学位，并且留校任教。2015—2019 年，雷林科在格拉纳达大学孔子学院担任中方院长，此外，她也是格拉纳达大学东亚研究硕士项目的创始人。

雷林科翻译了一系列重要的中国古典文学作品，其中包括《文心雕龙》《金瓶梅》《牡丹亭》与《元朝三部戏剧》等。与此同时，作为文学理论的研究者，她著有一系列文学研究的书籍与论文。雷林科与中国往来密切，由于她在翻译领域作出的贡献，她荣获了西班牙黄玛赛中国文学翻译奖与中华图书特殊贡献奖。

3. 加布里埃尔·加西亚·诺布雷哈斯（Gabriel García Sánchez Noblejas）

加布里埃尔·加西亚·诺布雷哈斯于 1966 年出生于西班牙北部的城市奥维耶多。1989 年，他毕业于奥维耶多大学的西班牙语语言文学系，获学士学位。1993—1996 年，他在首都师范大学修读汉语言文学专业。当前供职于格拉纳达大学翻译系的他翻译了多部中国古典文学作品与哲学作品，其中包括有《诗经》《山海经》《老残游记》《孙子兵法》《韩非子》等。此外，他还编写了诸多中国文学相关的论著，其中包括《中国古代民间诗歌》(*Poesía Popular de la China Antigua*)、《中国古代神话》(*Mitología de la China Antigua*)、《从汉语到西班牙语的文学翻译：甘宝故事一则》(*La Traducción de la Literatura del Chino al Castellano: un Relato de Gan Bao*)、《中国古典神话》(*Mitología Clásica China*)、《中古中国的非凡传说：搜神记选集》(*Cuentos Extraordinarios de la China Medieval: Antología del Soushenji*)①。

另外他还翻译了《唐宋故事选集》(*El Letrado sin Cargo y el Baúl de Bambú: Antología de Relatos Chinos de las Dinastías Tang y Song*, 618 – 1279)。

4. 赵振江

赵振江是北京大学西班牙语语言文学专业的教授，他于1959年考入北京大学西语系法语专业，1960年在西班牙语专业开办后调入并在毕业后留校任教。长期以来，他在汉语与西班牙文互译的领域耕耘并且作出了突出的贡献。一方面，赵振江将西班牙语世界许多诗人的作品译为汉语，诸如鲁文·达里奥（Rubén Darío）、加西亚·洛尔卡（Federico García Lorca）、米斯特拉尔（Gabriela Mistral）、帕斯（Octavio Paz）、聂鲁达（Pablo Neruda）、巴略霍（César Vallejo）等诸多作家的作品；另一方

---

① 按：此处作者运用的中古中国（*China Medieval*）具体所指涉的历史时段应为公元220—1368年期间。

面，他也推动了中国古典文学的西班牙语翻译，其中最为重要的便是《红楼梦》的西译。凭借其卓越的翻译贡献，他荣获了百年新诗贡献奖——翻译贡献奖、陈子昂诗歌奖翻译奖、鲁迅文学奖翻译奖、中坤国际诗歌翻译奖、西班牙"智者阿方索十世十字勋章"和"伊莎贝尔女王骑士勋章"、阿根廷"五月骑士勋章"、智利"聂鲁达百年诞辰勋章"等众多殊荣。

5. 恩里克·加通（Enrique P. Gatón）与伊梅尔达（Imelda Huang Wang）

恩里克·加通出生于西班牙，曾经赴中国台湾研读汉语，是当代汉西译者之中极少数在台湾学习中文的学者，伊梅尔达则出生于台湾。后来二人结为夫妻，并在汉西翻译领域取得了一定的成果。这对译者夫妇合力把《聊斋志异》和《西游记》由汉语直接译为西班牙语，分别由马德里的蒙达多里出版社（Mondadori）与希鲁埃拉出版社（Siruela）出版。此外，两位译者还翻译完成了一部故事选集，名为《古老的中国故事》（Cuentos de la China Milenaria），其中选取了 50 余篇故事译为西班牙语。这两位译者一位来自西班牙，一位来自中国，在翻译上对两种语言有着较为精准的把握，因此二者的译本也受到了学界的不少赞誉。

诚然，西班牙语世界的汉学家与汉西译者远远不止我们在前文中提到的几位，事实上，还有诸多学者为汉语与西班牙语的文学互通作出贡献，尽管他们并不主要在明清古典小说的领域耕耘。在上述我们提到的这些译者之外，也有一些译者是从其他的语言进行转译，将这些作品翻译为西班牙语。其中比较具有代表意义的是译者米尔克·拉乌埃尔，他对明清小说的西班牙语翻译也作出了贡献，虽然他并非是从汉语将作品直接译为西班牙语的。

6. 米尔克·拉乌埃尔（Mirko Lauer）

秘鲁学者、诗人与翻译家米尔克·拉乌埃尔也推动了明清小说的西班牙语翻译。1947年，米尔克·拉乌埃尔出生于捷克斯洛伐克（今为捷克共和国），后来他移居秘鲁，并在秘鲁天主教大学获得文学学士学位。他出版过多部诗集，在诗集《利马城》于1968年出版之后，他曾前往中国与西班牙旅行，此后，他曾在西班牙图斯格出版社（Tusquets）担任编辑，并完成了对于《易经》的西班牙语翻译，随后这一译本在1971年由巴拉尔出版社（Barral Editores）出版。

格拉纳达大学与北京外文局合作，曾经邀请米尔克·拉乌埃尔将《红楼梦》由英语译为西班牙语。1992年，在北京外文局的促成之下，米尔克·拉乌埃尔与杰西卡·麦克劳兰合作译出了《水浒传》。尽管米尔克并不通晓汉语，但仍然不可否认的是，他对明清小说在80、90年代传播至西班牙语世界同样产生了积极的影响。

7. 博尔赫斯（Jorge Luis Borges）

阿根廷的知名作家、诗人博尔赫斯也是转译明清小说的译者之一。博尔赫斯首先是中国文学的爱好者，他经由英语与德语世界接触到中国文学并深受吸引，其中便包括明清小说。与此同时，他也在评介乃至翻译明清小说方面做了许多工作，其中包括《红楼梦》与《聊斋志异》的评介与翻译等。我们在本书的第三章之中，将着眼于博尔赫斯对明清小说的阐释开展更为详尽的分析。

8. 新生译者的培养与成长

除了关注在过去几十年为明清小说曾经作出重要贡献的资深汉学家及译者,实际上,未来古典文学的翻译还需要更多新生力量持续的推动。

当前看来,在西班牙语世界新生汉语译者群体的培养主要还是依托与集中于西语世界数个重要的汉学中心,这些中心正是当地的高等院校,例如格拉纳达大学、巴塞罗那自治大学、马德里自治大学等。这一类大学陆续开设的汉语语言与翻译类课程,有利于促进专业译者的培养。截至2018年,在西班牙已经有7所西班牙大学拥有颁发东亚研究学士学位的权限,其中包括马德里自治大学、马德里康普顿斯大学、格拉纳达大学、萨拉曼卡大学、塞维利亚大学、巴塞罗那自治大学、马拉加大学等;还有一些大学则是提供东亚研究的硕士课程,同时还有一些其他大学在本科期间提供汉语辅修课程的教学,共计有40余所大学开设了汉语课程。另外,值得一提的是,西班牙8所孔子学院汉语课程的开设及其在合作大学的学分渗透也在一定程度上促进了汉语人才的培养,此外还有中小学和各类语言中心等。在拉丁美洲,多个国家的高等院校、中小学与语言中心都开展了汉语教学,例如墨西哥、哥伦比亚、厄瓜多尔、秘鲁、智利等(陈豪,2018)。另外,截至2017年,已经成立了至少39所孔子学院与19个孔子课堂,可以说尽管西班牙语国家的汉语教学起步较晚,但是汉语教学已经全方位铺展开来了。

这些课程的设置对于本土的专业译者的培养将起到重要的作

用，新生译者群体的形成将是极其重要的推动西班牙语世界的汉语文学包括古典文学翻译的中坚力量，也将是为将来的翻译质量提供保障的前提。

（二）推动翻译发展的交流平台与机构

1. 海内外出版机构

首先我们关注的是西班牙语世界的相关出版机构。论及明清小说在西班牙语世界的翻译出版，目前而言，虽有中国主动的输出，但影响力更大的译本通常还是西班牙语世界本土出版社的引入。我们发现，相较于拉美诸国，现有译作的出版社主要还是集中于西班牙。与此同时，在拉丁美洲也有一些出版社曾经出版过少数的译本。这一总体趋势与西班牙语世界整个出版行业的发展也是密切相关的。

据近期的数据统计，西语国家图书馆收藏的中国文学相关图书中，西班牙出版社出版图书数量占总量的73%，仍占据了主要位置。（姜珊等，2017：45）尽管西班牙早已不再是拉美诸国的宗主国，但是在文化上西班牙对于拉丁美洲的西班牙语国家仍然发挥着重要的辐射作用，在书籍出版与翻译上同样产生着不可忽视的影响。现有译作的出版社多集中于西班牙的马德里与巴塞罗那，作为西班牙规模最大的两座城市，马德里与巴塞罗那与中国进行文化沟通往来的机会相对较多，并且出版机构众多，因而为中国文学译作的出版提供了主要的机会。西班牙也有一些出版社发挥了重要的作用，在这些出版社当中，较为重要的有马德里的希鲁埃拉出版社（Siruela），它推动了许多中国文学翻译的出版。

多部明清小说如《西游记》《聊斋志异》《金瓶梅》等都由该出版社出版，此外他们还出版了不少其他中国文学相关的书籍。另有一些出版社如西班牙的凯伊拉斯出版社（Kailas Editorial）、智利的罗姆出版社（LOM）以及墨西哥的二十一世纪出版社（Siglo XXI）等也出版了不少中国文学作品。其中一些拉丁美洲的出版社是与孔子学院开展了合作，翻译出版了一系列中国文学作品，不过，它们对于包括明清小说在内的中国古典文学作品出版得不多。此外，有一些地方大学与机构在中国古典文学的出版工作上也起到了重要的作用，例如，格拉纳达大学及其出版社推动了《红楼梦》与《苦瓜和尚画语录》等作品的翻译与出版。

与此同时，中国的相关出版机构在这一过程之中同样发挥着不可忽视的作用。

外文局推动了明清小说的西班牙语翻译。外文局是中国历史较为悠久、规模较大的专业对外传播机构，20世纪80、90年代期间，外文局与其旗下外文出版社对于中国文学的外译发挥了重要的作用，其出版覆盖的范围将近200个国家和地区。在90年代初，外文局把一系列明清小说翻译至西班牙语，不过，其中有诸多译作是从英语转译完成。在与汉语文学相关研究的众多出版物当中，外文局与其成员单位外文出版社在80、90年代向西班牙语世界推出了一系列的译著与书籍，来介绍中国的语言、文学、艺术等方面的内容，当中的许多资料与书籍至今仍然保有影响，有许多被列入了西班牙语国家大学课程的教学大纲。

五洲传播出版社隶属于国务院新闻办公室，成立于1993年，致力于中外文化合作与交流。当前，五洲传播出版社对于文学外译发挥着关键的媒介作用,该出版社成立于19世纪90年代初期,每年都向国外出版相当数量的译作,借由该途径主动向外进行传播,其中西班牙语地区也是重点传播的区域。该出版社连续多年参加拉美地区最大的图书博览会——墨西哥瓜达拉哈拉国际书展,借助西语版新媒体平台实现有效数字传播并寻求合作出版,此外还组织开展了"中国作家拉美行"系列活动。然而,主动外译的作品的传播广度与深度往往需要得到进一步的衡量,因为通常来说,目的语国家本土出版社出版的译作的传播度更广。而且,近年来,五洲传播出版社出版的译作绝大部分为现当代作品,目前,还并未能大力惠及古典文学作品。

我们看到,西班牙语世界的本土出版社与中国的出版社都在一定程度上推动了明清小说的西班牙语翻译。事实上,基于笔者对于2015年以来中国文学在西班牙语世界的发展的研究来看(蔡雅芝,2019),近年来,在翻译出版方面体现出来的一个发展趋势是,译作的主体出版社由中国出版社逐渐转移到西班牙出版社,这一定程度上反映了西班牙语世界对中国的关注与兴趣正在不断提升,本土阅读需求也有所增加。

2. 孔子学院与中国文化中心

当前在中国与西班牙语世界之间,多元的机构平台与文化交流活动进一步推动了明清小说等文学的译介,其中包括孔子学院与中国文化中心等。

类似于歌德学院与塞万提斯学院,孔子学院为了推动语言与文化的传播起了桥梁作用,在翻译的外传过程中也起到了助力的效果。一方面,汉语教学与文化活动的开展能够增加目的语国家读者的阅读兴趣，拉动读者的阅读需求。另一方面，孔子学院的资源亦可促进翻译书籍的出版，另外一些出版基金以及文学翻译比赛也为推动文学翻译提供了一定的平台。例如，格拉纳达孔子学院的出版基金曾经赞助一系列汉籍的翻译与相关研究论著的出版发行，瓦伦西亚孔子学院亦定期发行中国文化相关的杂志，莱昂孔子学院有专门的西语汉学期刊等等。而且，孔子学院与当地汉学家的联系一般也较为密切，例如巴塞罗那孔子基金会的外方院长海伦娜·卡萨斯·托斯特（Helena Casas Tost）便是巴塞罗那自治大学的汉学家与翻译研究者。另外，在各国设立的中国文化中心也经常组织文化活动，当中许多是与经典文学作品密切相关的，例如在 2016 年，为纪念塞万提斯、莎士比亚与汤显祖，在西班牙组织进行了一系列的专题讲座，推动了文化间的互动与了解。此外，一些汉学发展较为成熟的大学对于促进中国古典文学的出版与传播起到了重要的作用，并且开展了讲座对重要的明清小说作品进行讨论和解读。

3. 相关翻译出版资助计划

值得一提的还有由政府资助的各种对外翻译出版资助计划。例如 2005 年启动的"中国图书对外推广计划"（CBI）、2009 年启动的"中国文化著作翻译出版工程"与 2010 年启动的中华学术外译项目等，都有益于推进翻译出版的发展。尽管如此，目前受益的明清小说西班牙语译本仍然不多，或是今后可以继续探索的方向。

（三）古典文学翻译与现当代文学翻译

在调研明清小说的西班牙语翻译的同时，我们还发现，在当今中国文学西班牙语翻译的全局之中，中国古典文学与现当代文学也体现出了不同的权重。尤其是近几年来，在翻译作品中，现当代文学所占的比重远远超过古典文学的部分。例如，在 2015 年与 2016 年在西班牙出版的译本当中，现当代文学分别有 15 部与 12 部，而古典文学一共只有 5 部（蔡雅芝，2019）。我们在近期的一项调研之中发现，2017 年在西语世界翻译出版的古典文学作品为 4 部，现当代作品为 21 部。2018 年，在 27 部翻译作品中只有 9 部是古典文学作品，它们是五洲传播出版社出版的原作缩略改编版的译本。2019 年，在 19 部翻译作品中之中只有 2 部为古典作品。目前而言，中国古典文学受到的关注以及出版社对古典文学的翻译需求可能都不及现当代文学。论及这一点，巴塞罗那自治大学的汉学家与翻译家苏亚雷斯·吉拉德在一次采访之中曾经谈道："人们的第一印象就是当代文学更有市场。出版社委托我翻译的几乎全部是当代的作品。尽管我也翻译古典文学，例如中国的思想史以及诗歌等，不过，对于这些古典文学的翻译，我总是那个主动提议的人，出版社一般都不会主动委托翻译这一类型的作品。"（Sun，2018：829）苏亚雷斯·吉拉德的这番话一定程度上反映了现在西班牙出版市场对古典文学与现当代文学关注度的不同。

尽管在近几年中国文学的西班牙语翻译主要集中于现当代文学领域，但是古典文学的翻译作品也有了不少累积。在已有的中国古典文学的西班牙语译本之中，最主要的文本类型是诗歌、小说与古典哲学作品。除《诗经》以外，翻译诗集的诗篇一般是由译者自主选择诗歌成集而进行的翻译，例如《李白诗歌五十首》与《白居易十一首诗》等，诗集内容主要集中在李白、李清照、王维、杜甫等一些经典化的诗人，关于这几位诗人分别至少有三部以上的诗集翻译，此外也有一些综合的选集如《唐代中国诗人》《词六十首》《中国古代诗歌》《唐诗选》《唐宋诗歌选集》《中国古诗选集》《五柳先生传》《辋川集》《玉书》与《兰花船诗歌集》等。其中，《玉书》的西语译作基于法语原译本，广受好评并产生了较为广泛的影响，在这一译作中，有很多极富创造性的改写，并且该书选集基于原译者的喜好，诗歌并非集中于一位作者，而是选取了数位诗人的诗作而成。除诗集以外，汉语源文本的另一重要类型则是小说，其时段主要便是集中在明清时期。

三、 推动明清小说在西班牙语世界翻译与传播的对策

自 20 世纪 80 年代以来，明清小说在西班牙语世界的翻译出版有所增速，先后涌现了诸多优秀译作，但目前而言，在数量与质量上仍存在一些不足之处，有待进一步完善。通过调研明清小说在西班牙语世界的翻译与传播，以及考察当前中国文学在西班牙语世界翻译的成功经验与存在的问题，我们认为，如若要进一步推动明清小说以及古典文学在西语世界的传播，主要存在以下途径。

第一，西班牙语世界汉学的发展与译者的培养仍是至关重要

的一环。正如宇文所安对中国作品外译与传播提供的建议所言，通常较为成功的译者大部分是由译出国本土培养的人才，因此，应该继续从多种途径推动西班牙语世界汉学的发展与汉语人才的培养，例如支持西班牙语世界汉语教学的开展，与西班牙语国家的汉学研究机构合作办学，促进高等院校间的合作交流等都有利于汉学的发展与人才的培养。

第二，可以继续增加国际间的合作途径，变单向的输出为双向的互动。可以利用孔子学院、当地文化中心与国际书展等多样化的交流平台，促进翻译的合作出版与读者交流，并且继续推动与加强和西班牙语国家地区的文化机构和出版社合作，促进共同翻译出版与海外宣传推广工作。

第三，应注重在西班牙语世界培养喜爱中国文化和中国文学的读者。墨西哥著名汉学家莉莉亚娜·阿索夫斯卡教授（Liljana Arsovska）于2019年在一次访谈提出，通过具体的文学作品培养读者，最好还能够针对具体的文学作品举行座谈会，吸引感兴趣的读者，同时还有不定期的关于中国文学、关于文学的不同趋势、关于作家的探讨，甚至是对中国社会问题进行探讨的小型座谈会。

第四，在当前的翻译研究中，仍然缺乏翻译评价与对翻译影响力的客观评估机制，此外对成功翻译作品的研究是极其重要的，这也是今后的研究需要进一步完善的方向，以便进一步推进明清小说乃至中国文学在西班牙语世界传播和接受的研究。需要完善对文化项目和翻译作品传播影响力的评价体系，以及关注成功案例的翻译和传播的经验，为后续的翻译和推广提供经验。在西班牙语世界的翻译和传播研究，目前还比较不足，有待进一步发展。

第五，充分利用新的媒介形式推动文化的传播与交流。当前，文学作品的传播已经不仅限于纸质文本，新的电子媒介也正在发挥着重要的作用。例如，由西班牙网络爱好者制作的介绍《西游记》与孙悟空的动画在新媒体获得了广泛的传播，在海外的播放量颇高，吸引了新的阅读群体。《三国演义》的电子书的译本以及许多衍生作品也广受关注。再例如，当代文学作品《乌合之众》一书在正式翻译出版之前，以话剧的形式在秘鲁连续演出了32场，取得了较好的效果。后续出版社推出了《乌合之众》这本书，这一形式是颇为新颖的，能够很好地调动当地读者的阅读兴趣。

总而言之，有多种因素对明清小说在西班牙语世界的传播产生影响，亦有多种途径可以持续推动明清小说乃至中国文学在西班牙语世界的传播与影响。只有继续不断地完善与探索海外传播的方式，加强与西班牙语国家之间的双向互动，才能有效地推动文学翻译的发展并增强其国际传播能力。

第二章
翻译策略与可通约性

在第一章中,笔者基于一个相对较为宏观的视域对明清时期的诸多小说文本介入西班牙语语际空间的翻译历程进行了回顾与讨论,在剖析之中我们看到,这一历程不仅所涉及之空间广阔,其时间跨度也涉及多个世纪。更为重要的是,我们发现,在这一漫长的翻译历程的流变之下,实际上还隐含了在中国、西班牙语世界与英语世界等多个异质符号域之间所展开的对话,在这多向的对话之中,蕴藏了各个异质符号域之间的权力关系的历时性的变化。同时,我们也对影响翻译出版历程的多元外部因素进行了探讨。事实上,我们在第一章中所开展的研究主要是从一个外部的视角来透视明清小说文本在西班牙语世界的翻译传播。

翻译史研究学者邹振环(2012:3—22)认为,翻译史的研究可以划分为"外部研究"与"内部研究"。这两类研究的划分,可以追溯至英国科学哲学家库恩(Kuhn,1979:79-83)为《国际科学史百科全书》所撰写的"科学史"词条。在其中,库恩将科学史划分为"外部史"(external history of science)与"内部史"(internal history of science)。外部史注重把科学放在社会文化背景中加以考察，而内部史所关注的是科学知识之成长过程。邹振环提出将"内部史"与"外部史"运用于翻译史的研究，也就是说，"翻译史的外部解释，就是重点注意寻找影响或决定翻译演变的社会环境和文化背景。按照知识社会学的观点，知识和思想是由社会决定的，因此要解释一种知识的形成和传播就要寻找决定它的社会条件和社会状况。社会文化的进程影响翻译的过程，社会进程在本质上渗透到了观察问题的视角"。与此同时，所谓的内部史研究指涉的是"研究翻译学科内部因素（如某一历史时期的翻译家生平考证、翻译作品、译本目录、译本版本、译家群体、翻译风格、翻译理论、翻译派系、翻译机构和翻译政策等）对学科发展的影响"。

在本章的书写过程中，我们把研究的视角从外部转向内部，从而把研究落实在具体的翻译文本和具体的译者与翻译策略上。我们选取了数部明清小说的西班牙语译文文本进行了细致的剖析，借助对已实现的翻译文本的分析，我们旨在从一个更为微观的视角来细看这些文本从汉语移植到西班牙语的翻译实现过程。由此，我们可以探寻翻译的规律与体察译者的斡旋，且衍生至翻译行为背后的异质文明之间的可通约性的讨论。

我们所选取的具体分析材料是数部明清小说中的委婉语的西班牙语的翻译。在第一节中，对于委婉语这一较为典型的文化负载词与翻译难点，我们将剖析多位译家是如何将之由汉语"转渡"至西班牙语的，亦即，译者们是采取何种策略把这些难点予以解决的。在此基础之上，我们可以继续深入地探讨译者的主体性在翻译之中所发挥的作用，以及译者本身的翻译特征与翻译目的对于翻译所产生的影响等。在第二节中，我们将会看到，翻译与文本原本的特征有着密切的联系，根据原有文本的特征以及该文本的汉语与西班牙语语境的不同，其翻译也体现出不同的特征，其中一个密切相关的特征便是"显化"，我们将在此具体对于"显化"这一翻译普遍性进行讨论。对于翻译问题的探讨，事实上在深层次上指涉的是汉语与西班牙语两个异质文化之间的可通约性的问题。也就是说，在翻译之中两种异质的语言文化在何种程度上是可以通约的。在第三节中，我们将会联系并运用库恩与费耶阿本德（Paul Feyerabard）对可通约性的探讨，深化对于异质语言文化之间翻译的讨论。

第一节　多元的翻译策略——以委婉语翻译为例

一、文化负载词与委婉语

一个国族所操用的语言，并非仅是简单的语言符码而已，事实上，它同时是语言背后所涵括的诸多文化观念的载体。我们不难看到，世界各国文化环境与文化观念的异质性不可避免地导致其语言的异质性。

这些有着文化负载意义的语词，在翻译所必经的语符转码之中，成为一项巨大的挑战与难点。因而，在对于文学翻译文本的研究之中，文化负载词的翻译也成为一个不可忽视的重点。在诸多翻译研究的论著之中，不少学者对于文化负载词提出了相关的论述。例如，翻译研究学者奈达与纽马克都曾经明确地指出，文化与语言乃至翻译之间存在着密切的联系。对于纽马克而言，"文化是一个使用特定语言作为表达方式的集体的生活方式"（Newmark，1992：133）。在纽马克的论述之中，语言构成了文化之中核心且关键的一环，而对于奈达而言，语词可以说是"文化的象征"。（Nida，1975：68）毋庸置疑，这两位学者都充分地了解到，语言或语词与其背后的文化构成了密不可分的关系。这些具有较强文化负载意义的语词，事实上也就是文化负载词（cultural references）。与此同时，奈达与纽马克对于文化负载词都作出了大致的划分，不过，他们的具体划分领域略有不同。奈达（Nida，1993：153）曾经指出，文化负载词可以划分为以下几个类别：生态文化（ecological culture）、物质文化（material culture）、社会文化（social culture）、宗教文化（religious culture）、语言文化（linguistic culture）等。与此同时，纽马克（Newmark，1988：95）把文化负载词划分为：生态文化（ecology），物质文化（material culture），社会文化（social culture），社会、政治、管理组织（social, political, economic and administrative institutions），手势与习惯（gestures）等。

在明清小说的汉语源语文本之中，也存在着大量的文化负载词，而在译者将这些文本由汉语翻译至西班牙语的过程之中，这些语词确然也构成了当中的一项难点。这些文化负载词在被语言转码至西班牙语的过程之中将产生何种变化？译者将运用何种策略？这都将是我们接下来要探讨的内容。

为了透视与探讨文化负载词的西班牙语翻译，我们选用了委婉语作为研究对象。之所以择取委婉语作为我们的分析译文的材料，是因为委婉语能提供一个巧妙的角度来透视文化负载词的翻译。依据纽马克与奈达对于文化负载词的分类，虽然理应将委婉语归类至语言文化之中，但委婉语这一语言现象事实上与宗教文化、社会文化、生态文化等其余多个领域皆存在着相当密切的联系，因而可以全面地映射一个国族的语言文化特征。也就是说，委婉语是一类典型的文化负载词。

西班牙语言学研究学者卡萨斯·戈麦斯（Casas Gómez，2009）曾经探究过委婉语的基本生成机制。他提出，委婉语是在人们面对某一些禁忌表达时进行认知加工之后采取的更为迂回婉转的表达方式。这一机制的生成过程，如图2-1所示：

图2-1　委婉语的生成机制

如图2-1中所示，委婉语源自对一项在文化中形成禁忌的现实进行抽象的概念化过程，此后，在交际之中把其以缓和、婉转的形式再度表达出来。在卡萨斯·戈麦斯阐明的委婉语生成机制的基础上，我们可以进一步分析导致不同文化生成不同委婉语的因素。笔者认为，主要有两个层面的原因造就了委婉语的不同：在第一个层面上，这种不同是因为不同文化社会中存在的禁忌有所不同，这一点与委婉语所涉及的领域的相异有关。在第二个层面上，再度重构一项表达时采用的构建方式（formulación del eufemismo）也可能不同，这或许是语言的自身特征与修辞手法的差别所引起的，抑或是不同语言中某一意象所关联的事物的不同所造成的。因此，不同的语言文化在这两个层面上的差别也就造成了委婉语的相异。

也就是说，尽管委婉语较为普遍地存在于多个语际文化空间之中，但是，委婉语在不同语言文化空间之中所承担的文化负载含义却又不尽相同，甚至差池甚远。不同语言的操用者往往扎根于不同的语言文化与历史传统，其所需避讳的事情各有不同。另外，由于背后语言文化系统的不同，不同语言文化空间的委婉语所采用的修辞与构建手段亦有不同。关于汉语与西班牙语的委婉语的基本异同之处，笔者早前在一篇论文之中曾对其进行了一定的论述，在该篇论文之中，我们从语音、形态、语义、语用、句法多个层面，对二者进行了一项比较研究（Cai，2019）。在这项研究中，笔者发现，西班牙语与汉语的委婉语存在诸多的相通与相异之处。例如，西班牙语的委婉语可以依赖词的形态变化产生，而汉语通过谐音来创造委婉语则在西班牙语之中较少。汉西委婉语中所蕴含的极为丰富的构建方式以及汉语与西班牙语二者之间的语言文化差异，为译者们带来了翻译上的诸多挑战。

与此同时，除了此前讨论的原因，我们之所以选用委婉语来作为一个细观明清小说文本的西班牙语翻译策略的切入点，主要还基于以下两点考虑。

其一，委婉语产生于人类共同的趋利避害的心理机制，它极为广泛地存在于多种不同的语言文化之中，与此同时，它还是一种较为普遍的修辞手段。鲁迅曾经论及，文章"造语还须曲折，否，即容易引起反感"（鲁迅，2006：97），而委婉曲折又是中国语言表达的一大特色之一：对于某些特定的事物，不惯常于直言，而是寻求婉转的表达。西班牙语的委婉语的指称概念为"eufemismo"，其词源源自希腊语，εὐ（eu＝bien，bueno）与φημί（phemi＝hablar），其含义为"用好的方式来表达"。委婉语可以划分为两大类别：一类为规约型的委婉语，在日常的文化共同体中已经被纳入公众使用的语汇范畴；另一类则是作者在文本语境之中所独创的委婉语。事实上，无论是在汉语语境之中，还是在西班牙语语境之中，委婉语都是一项早已存在的概念与修辞手段，并且在两种语言文化之中都存在着丰富多样的委婉语。如表 2-1 所示，克里斯波·费尔南德斯（Crespo Fernández，2007：28）对委婉语的领域及其产生原因作出了详细的分类。自然而然，在文学文本之中同样存在极为丰富的委婉语。在明清小说之中，实际上也存在大量的委婉语。从一方面来说，这些委婉语是汉语语言特征与魅力的集成体现，从另一方面而言，它们也是作者精湛的语言艺术的一部分，体现了其匠心独运的修辞。

表 2-1 委婉语的基本分类

禁忌	委婉语领域
恐惧	超自然、宗教、死亡、疾病等
羞愧	性、排泄、身体机能、娼妓等
尊敬	社会冲突（军事、政治、历史事件）、商业活动、称呼、审美、教育、辱骂等

其二，在明清小说的文本翻译研究方面，虽然在学界已经累积了一定的相关研究成果，但是，这些研究成果主要集中于英语与汉语之间的翻译研究，且研究通常集中于某一部特定的作品。关于委婉语的翻译，目前国内外相关学者已经开展的研究则主要集中于英译与法译，而且，此类研究通常是对于个别、少量的译例进行分析，而且通常是较为简略的感性认识，缺乏量化、全局的考察。因此，对委婉语的西班牙语翻译的研究仍是一个长期较少被涉及的方面，有诸多可继续探索的研究空间。委婉语中所蕴含的语言构建特征、文化内涵与时代特色，是译者所必须面对的一大难点与挑战，也正因为如此，委婉语为我们建构了一个细致地观察汉西翻译的切面与视角，让我们得以探究明清小说文本的西班牙语翻译过程中的细节，以及窥见汉语文学文本外传过程中译者的具体权衡与考量。而这一探索，也为我们在本章第三节中进一步讨论与阐明异质文化之间可通约性的问题奠定了基础。

二、研究材料与方法

较之于规约型的翻译研究（predictive translation studies），吉迪恩·图里（Gideon Toury）论述的描述型翻译研究（descriptive translation studies）重点关注的是翻译是如何实现以及最后呈现的，而不是对翻译规范的提前预设与规约性讨论。与此同时，语料库的翻译研究结合定性与定量的研究，为翻译研究提供了新的研究视角，为这门学科的前进与发展提供了新的推动力。

为了较为深入地推进我们对于明清小说文本的西班牙语翻译研究，我们将研究与剖析三部明清时期的古典小说作品的原文及其西班牙语译本中委婉语的翻译。基于这三部作品的原作和译本，我们在研究之中提取了其中的委婉语及其西班牙语翻译，自建了一个小型的平行语料库（parallel corpus）。这三部作品分别为《金瓶梅》《儒林外史》与《红楼梦》，与之相对应的三部小说的西班牙语译本则分别为：

（1）El erudito de las carcajadas. 2010. *Jin Ping Mei en Verso y en Prosa*. Traducción de Alicia Relinque Eleta. Girona：Atalanta.

这部《金瓶梅》的西班牙语译作是由西班牙赫罗纳（Girona）的亚特兰大出版社（Atalanta）在2010年出版的，也是第一部从汉语直译为西班牙语的《金瓶梅》的译本。其译者为西班牙的著名汉学家雷林科。

（2）Wu，Jingzi. 2007. *Los Mandarines（Historia del Bosque de los Letrados）*. Presentación，traducción del chino y notas por Laureano Ramírez Bellerín. Barcelona：Seix Barral.

这一《儒林外史》的译作的首个版本在1991年在巴塞罗那由塞克斯·巴拉尔出版社（Seix Barral）出版，此后又有新的校对版本出版。我们在分析中所采纳的为同一出版社在2007年出版的译本，这一译本事实上为1991年译本的校对版本。

（3）Cao，Xueqin. 2010. *Sueño en el Pabellón Rojo*. Traducción de Zhao Zhenjiang y José Antonio García Sánchez；edición revisada por Alicia Relinque. Barcelona：Galaxia Gutenberg.

这一《红楼梦》的译本为赵振江所译。这个译本的共同译者为格拉纳达的青年诗人何塞·安东尼奥·加西亚·桑切斯（José Antonio García Sánchez），由格拉纳达大学汉学家雷林科担当校对，出版社是古腾堡星系出版社（Galaxia Gutenberg）。

　　值得提及的一点是，以上列出的三个译本皆是直接从汉语翻译至西班牙语的译本。① 从译者的角度来进行检视，在这几个译本的译者们中，雷林科与拉米雷斯都是当今西班牙语世界著名的汉学家，赵振江也是中国学界在西班牙语语言文学领域的重要学者，同时，作为译者的他，一方面从西班牙语翻译了大量作品至汉语，另一方面也推动了中国古典文学进入西班牙语语际空间的翻译。综合我们在本书第一章中对明清小说的西班牙语翻译历程的讨论，我们可以看到，实际上这几位译者都可以归属于翻译历程发展的第三阶段，亦即为西班牙本土汉学自20世纪70年代末期重新逐渐发展起来之后的新一代译家。正如我们所提到过的，这些汉学家与西班牙语语言文学学者们所实现的翻译，在西班牙语世界的学界获得的赞誉是颇高的。拉米雷斯凭借其《儒林外史》的西班牙语翻译曾经荣获了西班牙的国家翻译奖，雷林科也因其诸多译作获得了西班牙的第一届"黄玛赛翻译奖"与"中华图书特殊贡献奖"。赵振江也因其在《红楼梦》等译作之中卓越的翻译，获得了诸多赞誉。因此，可以客观推断出，这三个译本质量颇高且具有较高的研究价值。

---

① 按：赵振江的西班牙语译本虽然一开始在一定程度上受到米尔克底本的影响，但据译者所述，他们钻研多年，在汉语的基础上对原译本进行了大改乃至重译。

在开启研究之前，我们有必要对这三部作品的委婉语进行一个初步的概览。

在初步搜集语料的过程中我们发现，一方面，在《红楼梦》《金瓶梅》《儒林外史》这三部古典小说作品中都存在着数量丰富的委婉语，而且它们分布于多个不同的领域。与此同时，由于每一部作品所属的历史时段不同，并且所涉之题材与作者的书写方式有所不同，在作品中委婉语的具体操用又呈现出不同的特征。另一方面，这三个译本之中不同的译者对委婉语的翻译，均折射出了原文文本本身的不同的特点，以及译者在翻译中所采取的不同的翻译倾向、翻译目的与诸位译者自身所秉持的对翻译的理论化思考。基于译文文本并综合定性与定量的分析方法，我们的研究目的在于以实证的研究方法进行一个较为客观的描述性翻译研究，从而能够较为全面地探寻委婉语在西译过程中的翻译策略与效果。与此同时，我们的研究结果也将会为已有的英译本与法译本的委婉语的翻译研究提供有益的镜鉴。

在此，我们将对委婉语进行具体领域的分析讨论，从翻译策略、翻译效果与翻译倾向的角度进行综合分析，对委婉语翻译中特殊的显化现象与作者的翻译倾向作出一定的讨论，从而得出相应的结论。

首先，我们从三部作品的原文文本中分别进行了委婉语的提取。我们从《金瓶梅》中共提取了 77 例委婉语，在《儒林外史》中共提取了 92 例委婉语，以及从《红楼梦》中提取了 113 例委婉语。随后，我们在各部作品相应的西班牙语译本之中找到了对应的西班牙语译文并进行整理。最终，我们将提取的原文文本与译文文本对照，形成了一个小型的平行语料库。为了推进后续的分析，在研究过程中我们采纳了纽马克（Newmark，1988）曾经作出的对翻译策略的归类方法。在《翻译教程》（*A Textbook of Translation*）一书中，纽马克（Newmark，1988）曾经提出，常用的翻译策略包括：

- 字面翻译（literal translation）；
- 转换（transference）；
- 归化（naturalization）；
- 文化对等词（cultural equivalent）；
- 功能对等词（functional equivalent）；
- 描述对等词（descriptive equivalent）；
- 同义词（synonymy）；
- 直译（through-translation）；
- 变化（shift or transpositions）；
- 公认翻译（recognized translation）；
- 翻译标签法（translation label）；
- 补偿（compensation）；
- 成分分析（componential analysis）；
- 缩减和扩充（reduction and expansion）；
- 释义（paraphrase）；
- 注释（notes）；
- 备注（additions）及评注（glosses）等。

在翻译策略的分类中，纽马克还使用了"couplets"这一术语，用于指涉译者对于多项翻译策略的同时运用。

基于纽马克提出的翻译方法分类，以及笔者此前一项对委婉语翻译的一些译例的前期分析研究（Cai, 2015），笔者认为，这一翻译方法的分类能够较好地适用于委婉语的翻译研究。与此同时，为了使这一翻译方法分类能够进一步契合汉语委婉语的西班牙语翻译的研究，笔者对纽马克提出的翻译策略分类进行了一定程度的简化与调试。我们基于纽马克的翻译策略分类，并结合委婉语翻译的前期研究，将委婉语的翻译方法分为：直译、显化、对等委婉语、缩减、泛化、脚注、省略、添加、调节等。在表2-2中，我们对各个翻译策略进行了简单的释义，并给出了具体的翻译实例。

表2-2 翻译策略的分类

翻译策略		翻译实例
直译	只翻译字面意思，不解释其引申义	"花柳繁华之地"译为"un lugar donde abunden las flores y los sauces"
显化	译出委婉语的引申义	"辞世"译为"morir"
对等委婉语	运用西语中原有的对等委婉表达进行翻译	"回首"译为"exhalar el último suspiro"
缩略	对委婉语的含义进行简化	"大安"译为"estar mejor"
泛化	将委婉语的表达与含义进行普遍化、抽象化处理	"山高水低"译为"si algo os ocurre"
注释	添加补充脚注或尾注信息	"贱荆"译为"mi humilde arbusto espinoso"，并附有脚注或尾注："arbusto espinoso"（jianjing）es una fórmula de cortesía para referirse a la propia esposa

(续表)

翻译策略		翻译实例
省略	在译文中省略委婉语的表达	"他而今直脚去了，累我们讨饭回乡，那里说起！"译为"… ahora estamos hundidos, que habremos de volver a casa mendigando"。句中，"直脚去了"在翻译中被省略了
添加	扩充委婉语原有的含义	"顶了你老人家上五台山"译为"… lleve los ilustres despojos de su abuela al monte Wutai" añadiendo "los ilustres despojos"
调节	对原有表达的视角转换，如双重否定译为肯定、抽象译为具体、被动译为主动等	"我们苦命，他爷半路里丢下了我们，全靠大爷替我们做主！"译为"¡Qué destino tan cruel el nuestro, quitarle el padre en las primicias de su vida! Ahora habréis de disponer de nosotros"。其中"半路里丢下了我们"译为了"quitarle el padre en las primicias de su vida"
扩充	拓展原委婉语表达的含义	"聚麀之诮"译为"casquivano comportamiento"
混合翻译	同时运用多重翻译策略，即纽马克所谈及的couplets	"姐儿发热是见喜了，并非别病"中"见喜"译为"comunicó que su fiebre obedecía a un sencillo caso de 'alegriía'"。脚注：El peligro de la viruela impedía nombrarla directamente. Se llama "alegriía" debido a que, una vez manifestada, dejaba de ser peligrosa。在这一译例中，译者同时运用了直译与注释的翻译策略

在前文中我们曾提及，委婉语可以具体区分为规约型委婉语与具体语境中由作者独创的委婉语，亦即通用类委婉语与非通用类委婉语。其中，通用类的委婉语在日常生活中已经较高频次地被使用，而非通用类委婉语则是创造性的委婉语，很大程度上来自作者的巧思及其在临时语境中的创意。在《红楼梦》《金瓶梅》《儒林外史》这三部汉语古典小说中，以上这两类委婉语兼而有之，而且这些委婉语也作为文化负载词承载并传递了特定的文化

含义。我们从《红楼梦》《金瓶梅》《儒林外史》中提取的例子分别归属多个不同的领域，从总体上来看，这些委婉语在三部作品之中的分布如表2-3中所示。

表2-3 三部作品中委婉语的领域分布

作品	相关种类									
	死亡	性	尊谦称	疾病	身体功能相关	审美	火灾	婚姻	其他	金钱
《红楼梦》	43	24	12	5	7	2	1	1	5	5
《金瓶梅》	7	32	22	2	4	/	/	/	5	/
《儒林外史》	18	/	60	4	1	/	/	/	/	5

依据对提取的委婉语进行的初步归类，我们看到，在《红楼梦》这一作品之中，原文文本之中所使用的委婉语主要分布在以下几个特定领域：死亡、性、尊谦称、疾病等。在汉语语境中，与死亡相关的委婉语数量原本就较为可观，依据统计，汉语中与死亡相关的委婉语多达400余个。在我们的分析中，与死亡相关的委婉语也成为《红楼梦》中使用最多的委婉语种类。此外，在这一作品之中，亦有诸多其他领域的委婉语，例如与身体功能、审美、灾祸、婚姻相关的委婉语等。

在《金瓶梅》中，作者在原文文本之中也运用了相当丰富的委婉语。在《金瓶梅》中出现的诸多委婉语中，与性相关的委婉语占据了相当重要的一部分。与此同时，作品中同样也有诸多与死亡相关的委婉语，同时尊谦称类的委婉语的数量也较多。

在《儒林外史》之中，尊谦称类的委婉语占据了重要的比例。在这里值得特别指出的是，西班牙学者克里斯波·费尔南德斯（Crespo Fernández，2007：28）在对委婉语所进行的分类中，曾指出，委婉语产生的一个重要的原因就是人际交往中的尊重，而这一归类密切涉及尊谦称的表达。与此同时，在汉语的相关研究中，也有不少学者将尊谦称归入委婉语的研究范畴之中。因此，在研究中我们将尊谦称纳入了委婉语的归类之中。另外，在《儒林外史》之中，死亡类的委婉语也有多例，此外还有一些与疾病或者金钱相关的委婉语。

在对三部作品中的委婉语进行了总览式的观察后，我们发现，这三部明清小说中的委婉语所涉及的领域是颇为宽广的，与此同时，三部作品中各自委婉语领域的分布又体现出了较大的差别，这一点恰好也为我们后续的分析提供了更为广阔的视角以及更为充分的研究材料。

在对三部作品中的委婉语的分布有了大致的了解之后，我们提取了其汉语原文本与其相应的西班牙语译文，将之进行分类整理并且依次进行标注，以便开展下一步的分析。这样一来，我们可以在对每个译例进行定性分析的基础之上，结合所有译例的情况做一个总结性的概览，从而得出更为可靠的结论。

三、 翻译策略分析

针对每一个译例，我们进行了如表 2-4 中所示的分析与标注。

表 2-4 翻译策略分析

原文文本	译文文本	委婉语领域	翻译策略	是否显化	翻译倾向
黄公中了一个进士，做任知县，却是三十岁上就断了弦，夫人没了	y el señor Huang, que es Graduado del Palacio y Magistrado, perdió a la mujer a los treinta años … N. del T.：Duan le xian, "se le rompieron las cuerdas" del laúd, símbolo de la pareja；murió uno de los cónyuges.	死亡	对等委婉语＋注释	否	归化

在这个译例之中，"断了弦"与"夫人没了"这两个表达都是汉语中的委婉语，在翻译的过程中，译者把这两个表达合在一起译为了"perder a la mujer"，这句西班牙语表达的字面意思为"失去其妻子"，此外，译者还在译文中加上了注释，来补充解释原文之中"断了弦"的字面含义与内在含义。由于译者同时使用了对等委婉语与注释两个翻译策略，我们在整理分析之时，在翻译策略部分将之标注为"对等委婉语＋注释"。另外，由于译文在翻译过后仍然具有委婉的表达效果，并维持了委婉的机制，我们在译文是否显化一栏标记为"否"。最后，由于译者采取了目的语语境之中原本就存在的委婉语进行翻译，是一种倾向归化的翻译方法，所以我们将译者的翻译倾向标注为"归化"。在对提取的所有委婉语的译例逐个进行分析与标注之后，我们可以从具体的委婉语领域来检视三位译者所采取的翻译策略。

死亡作为委婉语最为常见的领域之一，与之相关的委婉语在三部作品中都占据了一个较高的比例。在《红楼梦》中，我们获取的例子就达 43 个，在《金瓶梅》与《儒林外史》之中，也有颇多与死亡相关的委婉语，我们在《儒林外史》中提取了 18 例死亡相关的委婉语，在《金瓶梅》之中则对文本中所运用的 7 例与死亡相关的委婉语的翻译进行了分析。

表 2-5 三部作品中死亡类委婉语的翻译策略

作品	翻译策略						
	显化	对等委婉语	直译	添加	加注	省略	调节
《红楼梦》	17	17	11	3	1	1	/
《金瓶梅》	4	/	3	/	/	/	/
《儒林外史》	7	7	2	/	1	1	1

在汉语语境之中，死亡往往被赋予了较为丰富的文化负载意义，并且，当中许多表达习惯还蕴含着一定的宗教意涵。例如，在与道教相关的语言表达中，与死亡相关的委婉语有"下黄泉""归地府"等；与此同时，与佛教相关的委婉语有诸如"涅槃"或者"圆寂"等表达。当然，亦有诸多并不蕴含宗教意义的委婉语，比如"永沦长夜""告别"等。另外，与死亡相关的日常使用较多的规约委婉语也很多，诸如"走了""去世""仙逝"之类。

在查看与死亡相关的委婉语由汉语至西班牙语的翻译时，我们发现，在这一翻译过程中被使用得最为频繁的翻译策略之一便是"显化"，在《红楼梦》中这种翻译策略出现了多达 17 次。例如，在汉语语境中，"没了"这一表达是一个较为常规的委婉语，并未承载较为深层的文化负载含义，在翻译中，译者简单地将之处理为西班牙语"morir"（死亡）一词。这样一来，在西班牙语的译文中，这一委婉语便失去了其原本具有的委婉机制，而不再是一个委婉语了。同样，针对委婉语"亡故"与"辞世"，译者在多数情况下也采取了类似的译法。实际上，这些采用这一翻译策略的委婉语有一个共同特点就是，它们往往没有负载更深层次的文化含义，并且当原委婉语是作为规约型的委婉语在日常生活中被频繁使用时，它们一般来说很容易被理解且不会引发读者特别的注意，因此，针对这一类型的委婉语的翻译，译者在翻译中往往采用了显化的方法凸显其含义。

另一项常用的翻译策略是对等委婉语，这一策略在我们所提取的《红楼梦》的死亡相关的委婉语的翻译中被运用了多达17次。例如，"回首"一词被译作了"exhalar el último suspiro"，这一西班牙语译文的字面含义为"呼出最后一口气"，这是一个在西班牙语之中原本就已存在的委婉语表达。"伸腿去了"这一汉语委婉语则被翻译为"se ha marchado"，其西班牙语翻译的字面含义为"走了、离开了"。在这几个例子里，西班牙语译文中采取的表达实际上是原来在西班牙语中就已经存在的委婉语。而且，在某些特定的情况之下，一些汉语委婉语和西班牙语委婉语的表述方法甚至原本就是一致的，例如"断气"一词，在西班牙语中被译为"exhalar el último suspiro"（呼出最后一口气），"停床"被译为"trasladar al lecho de la muerte"（停放至尸床上）。事实上，之所以对等委婉语能够被频繁使用，其中一个原因就在于，在目的语也就是西班牙语中也有相当多的同一领域的委婉语存在，甚至在有些情况下两者的构成方式并无二致。

在与死亡相关的委婉语的西班牙语翻译中，第三类最为常用的翻译策略则是直译。例如，"归地府"一词被译为"emprender el viaje a la mansión del Infierno"，这一西班牙语表达回译为汉语的含义为"开始前往地狱之府的旅行"，这里的翻译基本上是遵从了直译的策略。由于西班牙语文化中并无直接对应"地府"的词语，因而在翻译中译者运用了"地狱"这一含义，但是译文表达的基本构建方式与原有委婉语保持一致，所以整体而言仍是直译主导的翻译策略。另有一例，"返元真"这一章节标题中的委婉表达被直译为了"retornar al mundo original"，其西班牙语意为"返回本真的世界"。我们可以看到，大部分被直译的委婉语都倾向承载更多的文化含义，在这种情况下译者似乎倾向保留这种文化负载含义。

接下来，我们分析的是与性相关的委婉语的翻译策略，其具体翻译策略如表 2-6 中所示。

表 2-6　三部作品中与性相关的委婉语的翻译

作品	翻译策略							
	直译	显化	扩充	对等委婉语	加注	描述	省略	缩减
《红楼梦》	10	5	5	3	3	1	1	/
《金瓶梅》	24	/	1	7	6	/	/	1
《儒林外史》	/	/	/	/	/	/	/	/

在分析当中我们发现，与死亡类的委婉语不同的是，在翻译与性相关的委婉语时，译者们最为常用的策略并非是显化，恰恰

相反，译者们的选择往往是直译。譬如，《红楼梦》第一章中的"花柳繁华之地"一词，在其语境之中并非仅是对于自然环境的一种描绘之辞，实际上它指涉的是声色场所，在西班牙语中，它则被译为"un lugar donde abunden las flores y los sauces"，把它回译成汉语的意思为"一个花与柳树十分繁盛的地方"。这一西班牙语的表达，基本上是对于"花柳繁华之地"在汉语语境中原有字面含义的直译。在经历了汉语至西班牙语的语言转换之后，译文维持了原委婉语具有的委婉机制与修辞手段，在这种翻译策略的作用下，译者并未点出这一表达所隐藏的含义，不过，尽管如此，读者联系上下文语境实际上也不难领会到其隐含意蕴。我们另举一例，"风月故事"也是一个与性相关的委婉语，在这一表达之中，"风"与"月"二字同样并非只是简单的两个自然元素的语言表征而已，实质上它们指涉的也是声色场所的男女之事。译者采用的译法为"historias de brisa y luz de luna"，其西班牙语回译成汉语为"微风与月光的故事"。我们在分析之中发现，类似的译例还有许多，例如，在《红楼梦》第七十三章中，以及《金瓶梅》第七十四章中，两位不同的译者不约而同地把"春意"一词译为了"deseo primaveral"，其回译为汉语意为"春天的欲望"。与之类似，"云雨之情"则被译为了"juego de la nube y la lluvia"，意为"云与雨的游戏"。

我们一共提取与分析了《红楼梦》中 24 例与性相关的委婉语，以及《金瓶梅》中的 32 例与性相关的委婉语。在对所有该类委婉语的译例进行分析之后，我们发现，在译者的翻译决策之中，直译确实是最为主导的翻译策略。在这些译例中，我们看

081

到，在很大程度上原有汉语委婉语的构建方式在西班牙语译文中得到了保留。而这些原有表达的构建方式之所以得到保留的一个重要原因便是，此类别的汉语委婉语中惯常包含了诸多极具原语言文化特质的表达。很显然，译者们更容易注意到这些与西班牙语相异的语法与语义表达，为了保留这些特征，译者们便倾向于采取直译的翻译策略。值得一提的是，在结合上下文语境的情况下，即便是采用直译的翻译方法，这些原本并不存在于目的语的委婉语的内在意涵并不难被读者所理解。

显然，在与性相关的委婉语的翻译中，直译是译者所使用的主导翻译策略，但是，与此同时，显化策略也在少数的几个例子中被译者所使用。例如，"赏花玩柳"一词，被简单地译作了"ir a los burdeles"，回译成汉语为"去妓院"。事实上，我们认为这一翻译策略的运用也是有其原因的，因为在某些上下文语境并不明确的情况下，如果直接采用直译的翻译方法，很可能会导致读者误解原委婉语的隐藏内涵。

此外，在这一领域的委婉语中，在某些情况下几位译者还采用了扩张和对等委婉语的翻译方法。例如，"圆房"一词被翻译为"vivir con alguien"，回译成汉语意为"与某人同住"，这一定程度上扩大了该委婉语原本的含义，改变了其原有内涵。在这个例子中，事实上如果使用西班牙语之中原本就有的一项对等的委婉表达或许是更好的选择，例如"consumar el matrimonio"（享用婚姻）。

总之，在与性相关的委婉语的翻译中，我们发现，对等委婉语并非是译者最为常用的翻译策略，其缘由很可能是在于中国与西班牙语世界之间的语言文化差异。在汉语语境之中这一类委婉语的构建存在着多种方式，但是如若把其中的一些表达放置在西班牙语语境之中来看，这些表达方式则显得比较特别。例如，在汉语语境之中与性相关的委婉语常与各种自然元素交织在一起，比如风、月、花、草、柳，等等，而这种构建方式在西班牙语之中则并不太常见。因此，我们不难发现的是，在翻译之中这一类的表达通常能够直接引起译者的注意，因为它们恰恰是极具汉语特色与文化负载的表达。为了保留这种具有文化特质的表达以及原有委婉语之中的语言意象，在许多情况下译者都选用了直译的方法。

接下来，我们分析的是尊谦称领域的委婉语的翻译。在《儒林外史》的原文文本之中，存在大量的尊谦称类的委婉语，在《金瓶梅》与《红楼梦》中，我们也提取了多例尊称与谦称类的委婉语。在对翻译策略进行分析时，我们发现，几位译者使用较多的翻译策略是直译、显化与对等委婉语等策略。首先运用的较多的是直译的策略。譬如，"尊夫人"被译为"su digna esposa"（回译为汉语为"您尊贵的夫人"），"令郎"被译为"su estimado hijo"（回译为汉语为"您尊贵的儿子"）。同样，对于这一领域的委婉语的翻译，在西班牙语语境之中也存在一些对等委婉语，例如，以表尊敬的"贵官"被翻译为了"Su Ilustrísima"，这是一个在西班牙语中原已存在的向对方表示尊敬的称呼，类似的表达还有"Su Excelencia""Excelentísimo"等。

表 2-7　尊谦称类委婉语的西班牙语翻译

作品	翻译策略							
	直译	显化	对等委婉语	省略	缩减	调节	加注	泛化
《红楼梦》	4	3	2	1	1	1	/	/
《金瓶梅》	17	4	2	/	2	/	2	/
《儒林外史》	20	14	16	1	4	1	2	2

　　以上的讨论中所涉及的与死亡相关的委婉语、与性相关的委婉语以及尊谦称类的委婉语，是原文文本中最为常见的委婉语的三个领域。在这三类委婉语之外，还有一些领域的委婉语也是值得注意的，例如，与身体功能相关的委婉语、与金钱相关的委婉语等等。

　　我们先在此简单分析一下与身体功能相关的委婉语。一般而言，与身体功能相关的委婉语所传递的文化负载信息是比较少的。也正因为如此，在翻译过程中，我们发现译者更加倾向显化其内在含义。在对译例的分析之中，我们看到，在许多情况下，与身体功能相关的委婉语在翻译时被显化了。譬如，"小解"一词在西语译文之中被显化为"orinar"（小便），在西班牙语之中成为一个不再具有委婉含义的表达。此外，译者在某些情况下也采取了泛化的策略，例如，"出小恭"被翻译为了"pidieron permiso"（请求离开的许可），这样一来，这一原委婉语的意义便在翻译之中被扩大了。

　　当我们从总体上来进行评判，便可以发现，当译者们将委婉语从汉语翻译为西班牙语时，其翻译策略的选用与该委婉语所属的类别是息息相关的。一定程度上而言，这是由某一类的委婉语自身的特点以及它在不同的文化之间所存在的差异或者共性所决定的，也就是说，在某些领域西班牙语委婉语与汉语委婉语之间存在更多的共性；而在另一些领域，二者之间则可能存在较大的差异。这样一来，不同领域的委婉语也体现出了不同的翻译倾向，并且影响了译者的翻译策略。

我们此前分析的例子分属于多种不同的领域，其中包括死亡、疾病、尊谦称、性等等。在对这些委婉语的翻译之中，在某些情况下译者是采取了一项单一的翻译策略，在某些情况下译者则是糅合了多项不同的翻译策略。从总体上来看，这三部作品之中所有领域的委婉语的翻译策略呈现出以下的分布。

表 2-8　三部作品中委婉语的多元翻译策略

作品	翻译策略									
	显化	直译	对等委婉语	加注	扩充	省略	添加	描述	缩减	调节
《红楼梦》	36	34	26	8	5	4	3	1	1	1
《金瓶梅》	10	50	11	10	1	/	/	/	2	/
《儒林外史》	24	24	26	4	1	3	/	/	5	2

基于对我们从原文以及译文中所提取的 200 余个例子的分析，我们可以看到的是：在委婉语的翻译中使用得最频繁的三大策略是直译、显化和对等委婉语。当中每种翻译策略都有其运用的缘由，并且产生了迥异的翻译效果。

显化这一策略在委婉语的翻译中发挥了重要的作用。从形成机制上而言，委婉语是对特定的现实进行概念的抽象化，随后在交际过程中再以一种缓和、婉转的形式再度表达出来，因而，在一定程度上，委婉语内在的含义是隐含的。然而，我们看到，译者们在翻译的过程之中，在不少情况下选择了显化委婉语的隐含含义。这一显化策略的优点在于，文本的意涵更为明晰，读者可以更为直接地获取原有委婉语的隐藏意义，但是在这里有必要指出的是，在显化的同时，委婉语在原文本中所传达的委婉的效果以及原语境的文化负载意义也不免会有一部分的流失。

在委婉语的多元翻译策略中，直译同样是一项被译者们高频使用的翻译策略。运用这一翻译策略的优点在于，它可以最大程度地保留某一汉语表达所具有的源语特征与文化负载信息。但是，我们同样不能忽视的是，由于汉语和西班牙语在语言与文化上存在的距离与差异，在某些情况下，直译的策略容易引发理解上的困难。为了避免目的语读者在理解上有困难，在很多情况下译者倾向把直译的翻译策略与添加注释的翻译策略结合在一起使用。

正如前文中我们所分析的那样，对等委婉语的翻译策略在于借助使用目的语中已存在的具有同等隐含含义的委婉语来完成翻译。当译者采取这种翻译策略时，译文的读者可以凭借其对自身所处的本土文化表达的熟稔，在阅读中迅速地领会某一委婉语的内涵。而且，我们在分析之中发现，一般来说，当对等委婉语这一策略在某个委婉语领域中被频繁地加以使用时，这表明，与其他领域相比，在该委婉语领域之内两种语言的委婉语之间存在更多的相通之处，因为在这一领域当中，在两种文化之间可以找寻到大量的对等委婉语。不过，尽管如此，在翻译过程中使用这一策略时，有时一些委婉语原有的文化负载会在语言转换的过程中产生一定的流失。

除了显化、直译与对等委婉语等上述几项最为主要的翻译策略，译者们也运用了一些其他多元的翻译策略。例如，在某些情况下，译者会采取泛化的策略，所采取的译文使得原有表达的含义更为宽泛；在某些情况下，译者会采用添加或者是缩减的策略，使得原有委婉语的含义发生一定的增减；有时，则是在译文中对原委婉语进行了省略。总之，在不同的情况下，译者倾向采取不同的策略来进行翻译。

在翻译策略的讨论之外，我们所关注的另一要点便是翻译的归化与异化倾向的问题。德国哲学家、语言学家施莱尔马赫（Friedrich Schleiermacher）在1813年首次提出了归化和异化的概念。他认为，翻译主要有两种途径：第一种是"让作者接近读者"——这是一种以译文读者为中心且译文偏向目的语的翻译；第二种，也是施莱尔马赫所主张的，"让读者接近作者"，即以作者为中心，偏向源语，尊重原有异质文化的翻译方法。这一异化的概念后续对于韦努蒂的翻译理论也产生了一定的影响。归化策略大多是采用意译的翻译方法，译者会参考目的语的表达习惯、目的语国家的文化及人民的思维方式，以期目的语读者更加便利地阅读并理解译文。而异化策略则采用直译方法，最大限度地保留了源语言的表达方式，再现了源语言国家的文化和人们的思维模式。

通过对提取的全部委婉语及其译文的分析，对于每部作品中委婉语翻译的总体倾向我们可以作出大体的判断。我们发现，在《红楼梦》的西班牙语翻译之中，有66％的委婉语翻译倾向归化，

34％的委婉语翻译则倾向异化，其主导的倾向是归化的翻译倾向。《金瓶梅》中委婉语翻译的 35％为归化倾向，65％则为异化倾向。《儒林外史》之中，具有归化倾向的译例为 73％，异化倾向的译例则占据了 27％。在这三部作品之中，《红楼梦》与《儒林外史》两部作品的委婉语的翻译体现出了归化为主的翻译倾向，而《金瓶梅》的委婉语的翻译则是以异化倾向为主。

在我们分析的作品之中，《红楼梦》是一部植根于中国传统文化语境并在文字修辞上极为讲究的古典小说作品。因此，在许多委婉语的译例之中，我们可以观察到，译者似乎是有意地维持原作的语言表达特点。然而与此同时，《红楼梦》译本的译者赵振江也曾经提到，他认为翻译能够在不同文化间建构起一条交通的桥梁，为了实现红楼梦的翻译，他与西班牙格拉纳达的诗人何塞·安东尼奥·加西亚·桑切斯进行了合作。虽然他们并未特别提及委婉语的翻译，但他们提到诗词的翻译过程时谈到，赵振江首先逐字逐句进行第一遍西班牙语的翻译，同时也提供该句的意译，然后与西班牙译者合作修改以致力于达到二者间的平衡。这样一来，得出的翻译既不偏离原文，又能恰如其分地融入西班牙语。因而，我们不难理解，为何在委婉语的翻译之中，实际上混合了归化与异化两种翻译的倾向。《金瓶梅》的译者雷林科是更加注重异化的，她强调文学为读者带来的"惊异感"，因为，我们不难理解，她在翻译《金瓶梅》的过程之中更倾向使用异化的方式来保留汉语原文的组词意境。《儒林外史》的译者拉米雷斯也在一本专著之中提到了自己的翻译思想，他认为，翻译的两个阶段是"理解"与目的语语境之中的"再表达"，这一翻译思想之中实际上也是对于归化与异化的一种融合，然而在注重强调目的语境之中的"再表达"时，实际上是归化相对占据主导的这样一种翻译倾向。

事实上，归化或者异化的总体翻译倾向与翻译策略的使用也是息息相关的。在翻译过程中，与归化的倾向联系较为紧密的翻译策略是显化和对等委婉语。在归化的翻译倾向下，读者可以更为直接地领会委婉语的内涵，但原委婉语的构建方式和文化负载则有一定的流损。相反，异化的翻译倾向则很大程度上和直译与注释的翻译策略具有密切的联系，在异化倾向下，读者往往能够更加贴近源语言的修辞与文字表达的特征。

与此同时，我们注意到，不管是《金瓶梅》《红楼梦》，还是《儒林外史》，它们都忠实地反映了其所处时代的社会环境与语言特点，因此，我们所提取的绝大部分的委婉语都承载着相当的文化负载信息。这无疑是译者们在翻译过程中所要面对的一项关键的任务与挑战，如果这一部分的文化负载丢失了，这便意味着原文本在时空的传递之中抵达目的语时发生了一定的扭曲（torsion）与损耗。事实上，在委婉语的翻译过程中，要做到同时传达修辞的特点与其内在含义是一件极其具有挑战性的工作，但是这也正是翻译艺术的要义所在。在分析与讨论之中，我们看到，大部分委婉语的文化负载意义都得到了传递，不过，在个别的例子中，当原文本抵达目的语语境之时，一些文化负载意义并未完全保留，而只能够通过脚注来实现一定的补偿。

概言之，《金瓶梅》《红楼梦》《儒林外史》这三部作品之中存在数量丰富且领域分布广泛的委婉语，在本节的讨论中，经由对这三部古典小说中委婉语的翻译分析，我们发现，运用最多的三项策略为显化、直译与对等委婉语。从总体上而言，三部作品之中的委婉语翻译呈现归化与异化同时并存，但其主导倾向又呈现出一些不同，这展现了译者们在寻求保留文化承载与语义传递之间的一种平衡。在下一节的讨论之中，我们将继续深入地思考"显化"这一值得注意的翻译现象，这也是诸多翻译研究学者们所关注的"翻译共性"（translation universals）之一，我们将挖掘其中所蕴含的显化与原文本特征以及译者的翻译风格之间的密切联系。

第二节　"显与隐"：论翻译中的显化

一、作为翻译共性的显化

自 20 世纪 70 年代起，翻译研究（Translation Studies）已经逐渐发展为一门独立的学科。作为一个典型的跨学科研究领域，翻译研究的理论范式（paradigm）在发展进程中发生了多次的转向。在当前翻译研究的视野之中，描述性的翻译研究（descriptive translation studies）日渐获得国内外学者的重视，与此同时，语料库翻译学（Corpus Translation Studies）的发展又为描述性翻译研究提供了新的视角与工具。借助新的研究工具，翻译学界的诸多学者获取了许多实证的研究成果。其中比较具有代表性的是翻译学研究学者莫娜·贝克（Mona Baker）的研究成果，在 1993 年，基于其语料库翻译研究她提出翻译共性（translation universals），自彼时起翻译共性在语料库翻译学领域便引发了广泛的讨论。莫娜·贝克（Baker，1993：233－252）通过对翻译文本的平行语料库进行研究，提出了翻译的几条共性：显化、简化、范化、平化等。我们在本节中所讨论的"显化"就是莫娜·贝克所提出的四项翻译共性中的一项重要假设。

"显化"（explicitation）又被称作"明晰化"或"明示"，这一翻译现象在学界受到了广泛的关注与研究。实际上，在被作为"翻译共性"提出之前，这一概念最早便由达贝尔内特与维奈（Darbelnet and Vinay，1958：8）作为一种翻译策略提出，他们将显化的过程解释为"把原语文本中只是以隐含的方式存在但可以根据上下文推断出来的信息添加到目标语之中的过程"。布鲁姆-库尔卡（Blum-Kulka，1986）对显化展开了系统研究，他认为，显化是翻译中的一项通用策略，而且，显化的一个显著特征便在于它会导致"译文的冗长"。克劳迪（Klaudy，1996）把翻译中的显化根据其内容做了四类划分：强制性的、选择性的、语用的以及特定的。在国内，语言学与翻译学研究学者王克非（2007）介绍了显化这一术语并展开了一系列研究。他认为，"广义的显化现象可能是导致译本字数扩增的原因之一"（王克非，2003），并且重点考察了人称代词的显化等。柯飞（2005）则认为，对于显化的研究，不应当仅限于对于语言衔接形式变化的考察，还应该包括意义上的显化转换。他还发现，显化和隐化现象的发生由语言、译者和社会文化等多种因素造成。刘泽权（2008）通过检视目前已有的显化研究则认为，对于显化这一翻译现象开展的研究不应仅限于语料库一种方法，而且，实际上对于显化的研究还有很大的探索空间。

当前已有的围绕"显化"的多项研究习惯从宏观层面进行考量，并且更多地是考察文本中的衔接形式在翻译前后的变化。基于对已有研究的调查，我们认为，当前已有的研究对于语义显化及其显化程度的相关因素的研究仍有诸多可以探索与补充之处。在这里，我们的一项思考就是：面对围绕显化这一翻译共性的讨论，是否可以回归到微观的语义层面对其进行考察，并对这个假设进行进一步的细化与验证？另外，是何种缘由导致显化在翻译过程中生成？以及，显化与文本或译者等因素有什么具体的关系？

在这里尤其值得指出的是，委婉语所具有的一项重要特质就是：一般来说，委婉语具有双重含义，即其表层字面意义与深层隐含意义。由于委婉语具备这种双重含义的特质，它便成为检测显化这一翻译现象的理想材料。也就是说，如果委婉语在经过翻译之后失去了其委婉特质，且凸显了其隐含意义，那么这就意味着，在翻译之中存在一个显化的过程；相反，如果委婉语在翻译过后仍然保持了其委婉的机制，那么则并不存在明显的显化。事实上，在我们从三部明清古典小说所提取的委婉语及对其西班牙语译文的观察中，经过对翻译策略的分析与讨论，我们在当中的确比较明显地发现了显化这一现象的存在。因此，委婉语作为考察显化的一项理想材料，我们在考察其翻译的同时，可以进一步开展研究来回应前文中我们对显化所提出的问题，以求进一步加深对这一规律的探讨。另外，学界多以英语为讨论对象，往往较少涉及非通用语种，因此，从西班牙语的视角对显化进行探讨也有助从多角度补充与验证对于翻译共性所提出的结论。

二、研究材料与方法

我们在上一节中讨论到，在《金瓶梅》《红楼梦》《儒林外史》这三部古典小说作品之中存在着丰富的不同领域的委婉语，与此同时，每部作品中为数最多的委婉语所属的领域又各有不同。这样一来，首先我们便能够获取充足的材料对其进行翻译分析。其次，当对委婉语在翻译中的显化进行分析之后，我们可以联系三部作品的研究结果作较为全面的比较与分析。再者，这三部小说作为重要的中国古典文学作品，探讨其在西班牙语语境中的翻译也具有较高的研究价值。此外，研究中所采用的西班牙语译本皆为直接由中文译为西班牙语，而并非由其他语言转译，在这种情况下我们可以尽可能地排除转译因素造成的影响。

正如上一节中所述，我们提取了作品中所有不同的委婉语，并对当中重复出现多次的委婉语适当增加其比重。随后，我们找到了对应的译文翻译，并建立了一个小型的平行语料库。基于对译文的初步分析，我们对获取的所有委婉语进行了如下标记：章节、页码、委婉语领域、翻译策略、翻译倾向、译文是否维持委婉机制，等等。

围绕着显化这一现象，我们在此结合几个不同领域的例子来展现具体的分析过程。例如，在《红楼梦》第九章中，有这样一个例子：

原文：这贾琏，虽然应名来上学，亦不过虚掩耳目而已。仍是斗狗走鸡，赏花玩柳。（《红楼梦》，第九章）

译文：Pero su asistencia no era sino la fachada que escondía su acendrada afición a las peleas de gallos, las carreras de galgos y los burdeles. (Tomo I, p. 181)

原文之中的"赏花玩柳"是一个极具汉语特色的表达，然而，为了传达这个词语的深层含义，"花"与"柳"这两个原文当中的意象在翻译过程中被省略了。翻译后其内在含义得到了显化，译作"afición a... los burdeles"，回译成汉语为"去妓院的喜好"。这样一种翻译策略的结果便是，这个委婉语实现了显化，然而一定程度上失去了其在原有的汉语语境之中所蕴含的意象与文字之美。所以，我们在对于这一个译例的整理之中进行了如下标注：第九章；p. 181；显化；归化；否。我们再来检视在《儒林外史》之中的一例译文：

原文：张世兄屡次来打秋风，甚是可厌。（《儒林外史》，第四章）

译文：El amigo Zhang ya ha venido hartas veces a pedirme dinero, y no hay quien lo sufra. (p. 67)

此处，"打秋风"是一个与金钱相关的委婉语，"秋风"这一个表达实际上源自"秋丰"的谐音，其内涵是借机占取别人的便宜或者获取别人钱财。"打秋风"一词，既有其字面的含义，与此同时又能够向读者传递其内在的含义。在译文之中，译者拉米雷斯舍弃了这一表达的表层字面含义，把它翻译为"pedirme dinero"，意为"向我借钱"。尽管在原有的表达之中，"秋风"一词亦有传达出某种具体的意象，仿佛与"秋天的风"直接产生了联系，但是，在翻译之中，译者的选择是非常明确的，他把这一个表达进行了显化。对于这一译例，我们则是进行了如下的标注：第四章；p.67；显化；归化；否。值得注意的是，在汉语之中存在着大量与谐音相关的委婉语，这一点与汉语原本的语言特征是密切挂钩的。相反，在西班牙语之中，发音完全相同的词极其少见，谐音的情况也并不多见，因而，谐音这种构建委婉语的方法在西班牙语之中较为少见。

在汉语与西班牙语语言文化中，委婉语的类别与所涉及的领域都相当之丰富，例如，在汉语与西班牙语里都存在一些与动物相关的委婉语，我们可以来看一个译例：

原文：天色已黑了，倘或又跳出一个大虫来，我却怎地斗得他过？（《金瓶梅》，第一章）

译文：Ya es de noche, si aparece otro tigre no podré con él.（Tomo I, p.94）

中国古代谈虎色变，"大虫""老虫"都是"老虎"的委婉语表达，而"蛇"则可以称作"长虫""小龙""花绳子"。在西班牙文化之中，也存在一些动物类的委婉语，例如，"comadreja"

是"mustela"（黄鼠狼）的委婉语。但是，在西班牙语中并没有一个对应的可用于指代老虎的委婉语，因此，自然而然，译者在处理翻译的过程中，把这一表达显化为了其原本所指的动物，也就是"tigre"，即"老虎"。

上文中我们分析了几个较为典型的显化的译例，实际上在翻译中偶尔也有"隐化"的情况出现，也就是说，在某些特殊的情况之下，一些委婉语的意思在译文之中反而变得比在原文之中更加晦涩难解了。但是，这种情况往往是较少的。

上一节中，我们提到过，这三部小说中的委婉语在其领域分布方面呈现出了不同的特点：《金瓶梅》中与性有关的委婉语以及尊谦称类的委婉语占据了最大的比例；《儒林外史》中尊谦称类的委婉语是最主要的类别；而在《红楼梦》中，与死亡相关和与性相关的委婉语的数量最多。其具体数量如表2-9中所示：

表2-9 三部作品中委婉语的主要领域分布

作品	《金瓶梅》	《儒林外史》	《红楼梦》
委婉语领域分布	性-32个	尊谦称-60个	死亡-43个
	尊谦称-22个	死亡-18个	性-24个
	死亡-7个	金钱-5个	尊谦称-12个

在对所有的翻译实例进行分析后，我们的研究结果显示，这三部作品之中的委婉语在经过翻译进入西班牙语语境之后，皆不同程度地体现出了显化的特征。也就是说，在每一部作品的委婉语的翻译之中都有一部分委婉语在翻译过后失去了其委婉含义，并从而凸显了其隐含含义。总体看来，各作品中委婉语显化的程

度比例为：《金瓶梅》里的委婉语，译文相对原文来说显化的比例是 15％；《儒林外史》中，委婉语的显化比例是 38％；《红楼梦》中委婉语的显化比例为 37％。由此可见，在三部作品委婉语的翻译中，或多或少都存在显化这一现象，但是它们的显化程度却表现出了一定的不同。《金瓶梅》译本中委婉语的显化程度显著低于其余两部小说的译文文本。那么，在这里，我们不禁要思索的是，既然同为文学文本当中的委婉语，那么为什么在翻译中，其显化的程度会体现出显著的不同呢？我们认为其背后有着多重影响因素。

我们在研究中发现，翻译中文本的显化程度的高低与原文文本乃至译者等多项因素都是密切关联的。首先，委婉语的显化程度与委婉语原文本的特点以及委婉语所属的领域体现出了一定的相关性。在三部古典小说中，存在分属于不同领域的各类委婉语，而其中每一领域的委婉语惯常具有其独特的构造特点，并且各领域的委婉语所对应的西班牙语委婉语的特点也呈现出了许多不同。不同领域的委婉语殊异的构造特点影响了其在翻译之中的显化程度。

在这些领域中，死亡领域的委婉语的显化程度是最高的，也就是说，在翻译过后，相当大一部分这一领域的委婉语的译文失去了其隐含含义。我们认为，该类委婉语显化程度最高的原因一方面在于，很大一部分死亡类委婉语自身的委婉程度本来就较低，因此，译者在阅读原文的时候便容易忽略其委婉含义。另一方面来说，在死亡类的委婉语当中存在大量的通用的委婉语，而这些委婉语的构成方法所传递的文化负载信息则相对较少，不容易引起译者特别的注意。因此,在汉语至西班牙语的语码转换过程之中,这些委婉语常常被转换为一个不具备委婉含义的词语。比如,"亡""去世"是"死"的委婉语,但译者在阅读时,很容易下意识把"亡"的含义与"死"完全等同起来。出于上述原因,在几部作品之中,这一领域的委婉语在翻译中显化程度都显得相对较高。

与死亡领域的委婉语恰恰相反,在《金瓶梅》与《红楼梦》当中,性相关的委婉语的显化程度都是最低的。我们注意到的是,在汉语与西班牙语之中,与性相关的委婉语的构成方法具有相当大的差别。在汉语古典文学作品的语境之中,此类委婉语经常和许多自然事物与元素直接地联系在一起,比如"风""月""花""草"等与女性特质相联系的自然事物。相较于西班牙的性相关的委婉语的构成,这种语义构成方式显得较为特别,因为西班牙语语言文化之中几乎很少用这些事物来指涉性相关的表达。此外,汉语中与性相关的委婉语的构成惯常于运用诸多不同的语义手段,譬如比喻和用典等,在翻译过程中,如果一项表达采取这样的构建方法,则比较容易引发译者的注意。自然而然,在翻译过程之中,为了保存其字面传达的意象与表达中所蕴含的文学性,译者常会倾向采用直译的方法。另外,为了让读者能够知晓它的隐藏含义,译者往往同时也会采取添加注解的策略。

在翻译尊谦称类的委婉语时,运用最多的策略是直译。在我们所分析的三部作品之中,此类委婉语往往是由较为固定的结构组成,例如,在所指物之前加上"贵"或者"贱"等形容词,比如"贵姓""尊名""贵作"等。在翻译的过程中,为了体现原表达的特点,大部分的译例都倾向保留这种原始结构。因此,在直译这一策略的影响下,这些委婉语的显化程度并不高。此外,除了直译这一技巧的使用,在翻译中,也存在一些对等的西班牙语原有的委婉表达,例如"vuestra merced""vos"等西班牙语中所大致对应的表达尊称的形式。上述的种种原因导致其显化程度不及死亡类委婉语。

简而言之,显化的一个重要相关因素便是原文本的特点,即体现出这样的一种倾向,原文越是委婉,越能引发译者的注意,其显化的程度也越低。

三、显化与译者的关系

显化程度除了与原文本的特点和委婉语的所属领域息息相关,我们发现,它与译者的风格也是密切相关的。译者的归化倾向越为明显,其显化程度越高。

《金瓶梅》的译者雷林科认为,"文学性和异化感在文学翻译中是至关重要的",谈及其翻译的风格与目的,她在《金瓶梅》西语译本的序言中指出,她翻译文学文本的目的在于"可以让读者最大程度地接近源文本,尽管读者们知道翻译中涉及译者的多重斡旋。我最基本的准则是译出所有的内容,且最为忠实地传达原文"(Relinque Eleta,2010:45)。也正如我们在上一节之中所分析的,雷林科在翻译之中,在许多情况下,都采取了直译的翻译策略,这样的一种翻译策略,有时确实是译者的一种"刻意为之",她引用俄罗斯文学理论家什克洛夫斯基(Viktor

Shkolvsky，1965：12）所言：

> The purpose of art is to impart the sensation of things as they are perceived and not as they are known. The technique of art is to make objects "unfamiliar", to make forms difficult, to increase the difficulty and length of perception because the process of perception is an aesthetic end in itself and must be prolonged. Art is a way of experiencing the art fullness of an object; the object is not important ...
>
> （艺术的目的是要人感觉到事物，而不是仅仅知道事物。艺术的技巧就是使对象陌生，使形式变得困难，增加感觉的难度和时间的长度，因为感觉过程本身就是审美目的，必须设法延长。艺术是体验对象的艺术构成的一种方式，而对象本身并不重要。）

正如什克洛夫斯基所言，作为译者，她选择异化、保留本真的翻译特点让译者在保留委婉与去除委婉二者之间，显然更倾向前者。也正因如此，《金瓶梅》译文中委婉语的显化程度是三部小说之中相对最低的。

作为资深的译者，对《儒林外史》的译者拉米雷斯来说，他对于翻译的看法则是翻译可以分为两个主要的阶段，第一个阶段是理解，第二个阶段则是再表达。由此，他还着重强调了在翻译的再表达过程中译者的"创造性"。

一种语言与另一种语言在词汇、形态、句法等多种层面上存在着极大的差异，这迫使译者在翻译中必须充分运用自己的创造力。把综合型语言（如中文）转渡至分析型语言（如西班牙语）需要译者最大程度地调动其创造力，正如迪利斯（Delisle）所指出的那样，译者必须能够"极其敏锐地理解源文本的含义，并且灵活地运用具有同等表现力的连贯文本将这种含义重新表述"。(Ramírez Bellerín，1999：86)

　　回顾对于《红楼梦》的翻译，作为译者，赵振江认为翻译可以建立起一座横越文化间的桥梁，以促进不同文化间的交流。同时，他也提到，《红楼梦》作为一部经典文学作品，对于其中一些具有重要文化特质的表达进行保留同样是很有必要的。在这两种想法的影响之下，我们不难看到，在某些情况下，译者选择了归化，而在另外一些情况下，则是选择了异化。不过，从总体上进行评判的话，我们可以看到，诸多委婉语的翻译的倾向仍是以归化为主导。

　　概言之，在归化与异化的两端之间，译者各自做出了不同的选择。雷林科有较为明显的异化倾向，拉米雷斯和赵振江则体现出了较强的归化意识。我们发现，在异化驱使下的文本显化比例相对低于归化倾向下的显化比例。通过分析，我们所能够证实的是，显化这一翻译共性在委婉语的翻译中从微观层面也能够得到验证。然而，与此同时我们也发现，翻译中显化的程度并非是固定不变的、一致的；相反，显化的程度会随着不同的因素的变化而有所变化。根据研究结果，显化的程度和原文本的特点以及和译者风格之间存在着密切的关系。死亡类委婉语的显化程度相对最高，而性相关的委婉语的显化程度相对最低，异化驱使下的文本显化比例相对低于归化倾向下的显化比例。

对于我们所选的例子的翻译，我们进行了统计。从整体上看，在三部译作之中，在委婉语的整体委婉程度上有一个很明显的弱化过程，而具备了显化的特征。在笔者看来，产生显化的原因是多重的。在翻译之中，如果在源语言与目的语的语境之中存在对等的委婉语的表达，译者或许能寻求到一个合适的翻译，但是，如若在目的语语境中并不存在一个与原委婉语对等的委婉语表达，那么译者则会倾向直接凸显其内涵，抑或是创造出一个新的委婉语。然而，如果译者选择保留其语义构成特征来创造一个在目的语中并不存在的委婉语时，或许会给读者带来理解上的困难，因此，显化便成为一个常被选择的策略。此外，显化的另一原因也在于，如果原有委婉语并不具有特别的构造手段或者传递较多的文化承载含义，译者很可能在迅速地了解该委婉语的内涵之后，下意识地在翻译中进行了显化而并未注意到其委婉机制。

如前所述，莫娜·贝克曾经通过语料库翻译研究提出了翻译的四大共性的假设，即：显化、简化、范化与平化。在本节中，我们借助具备隐含意义的委婉语，通过从微观的语义层面进行分析，观察显化的现象是否在委婉语的翻译中体现，显化的程度如何，以及显化和文本本身的特质等因素是否存在一定的关联。我们发现，在这几部作品的委婉语的翻译中我们的确可以观察到显化这一现象。而且，翻译策略的使用与委婉语的类别与特质有一定的相关性，与此同时，显化程度与译者的翻译风格之间也存在着密切的关系。在某些情况下，在翻译中也不可避免地产生了文化内涵的流失与损耗，不过译者多采取了注释的方法进行了弥补。

第三节 "异的考验"：论翻译中对可通约性的寻觅

一、异质文化思维与语言的差异

在本章的第一节中，我们对《金瓶梅》《红楼梦》《儒林外史》这三部古典小说的译者在翻译委婉语时所具体运用的多元翻译策略进行了一项概览式的分析，此后，我们剖析了这些翻译策略各自导向的翻译效果，以及译者们在总体上所展现的归化抑或异化的翻译倾向。在第二节之中，我们的研究则继续借助对于委婉语的翻译的研究，对翻译中所存在的"显化"这一翻译共性进行了细致的检视，并且尝试进一步讨论导致"显化"现象产生的多项相关因素，我们发现，其显化程度一方面与委婉语的所属领域及委婉程度密切相关，另一方面也与译者的翻译风格存在着密切的联系。

事实上，在前面两节内容的基础之上，我们对翻译的讨论仍然存在着向前继续推进的空间。从本质上而言，无论是汉语与西班牙语之间，或者是其他语言组合之间的互译，对于文学文本翻译的讨论最终必然将我们导向一个深层次问题，即异质语言文字互译过程中的可通约性的问题，以及可译与不可译的问题。具体而言，这个问题也引导着我们开展这样的一层思考：异质语言文字之间的翻译能否在真正意义上得以实现,以及翻译又在何种程度上能够实现?

作为一种语言修辞现象,虽然委婉语仅仅代表了丰富庞杂的语言文化中的一部分内容,但是,笔者认为,对于委婉语及其翻译的讨论,可以引导我们推进对异质文化间语言互译及其可通约性(或不可通约性)的思考。我们不妨采用几个具体的例子来开启对委婉语翻译的进一步思索。

在《金瓶梅》中,第八十章的章回名为"陈敬济窃玉偷香,李娇儿盗财归院",这一章回名中的"窃玉偷香"一词便是一个委婉语。在汉语原文之中,"玉"与"香"为两个具象的名词,"窃"与"偷"则为动词,"窃玉"与"偷香"形成了互文的关系。实际上,这一委婉语的表达之中还蕴含着隐喻,指涉的是对妇女的引诱。在这里,我们首先不禁要设问的是,这一汉语表达中"玉"与"香"的隐喻,在西班牙语文化之中是否存在呢?当我们对于这一隐喻在西班牙语语言文化空间之中是否存在进行追溯,就会发现,在西班牙语的语言传统之中,人们一般不会使用"玉"与"香"这种表达方式来指涉与性相关的含义,也通常不会使用"窃"与"偷"两个动词与之组合而形成特定的意义。因此,在我们具体地讨论语词在不同的文化系统之间的可译性问题之前,笔者认为,首先有必要对于语言和文化二者之间的关系进行一项回顾性的思考。

德国社会学家阿尔伯特·谢夫莱(Albert Schaffle)曾经论及:"社会是诸有机个体在纯心理活动基础上产生的不可分开的居住地,符号就是纯心理活动的外部表现,它表达思想和技术活动,创造效益,并物化为人的思想产物的外部客体。"(申小龙,1990:2)从他的论述之中,我们可以了解到,符号是纯心理活动的外部表现,而纯心理活动又与社会有着不可分割的关系,那么,在社会与符号之间,则必然存在一层紧密的关系。与此同时,语言作为一种人类在社会活动中所运用的基本符号系统,自然与社会更是具有千丝万缕的联系。

文化语言学学者申小龙(1990:20)则曾经论证,语言不仅是人看待世界的一种方式,并且,语言还制约着人类的思维与文化的心理。申小龙(1990:9)在论证中引述了结构主义心理分析家拉康的观点,拉康认为,文化的任何表现同语言功能(也即同象征符号观念)具有不可分割的联系。象征符号性的东西包围着人,伴随着人的一生。语法和语言表达的方式不仅是一种语言学上的问题,而且体现着一种"世界观"(一种文化看待世界的眼光)和思维样式。申小龙(1990:10)认为,"当我们透过母语这块透镜来观察事物时,事物已按照我们的母语的体系被分了类。"这不禁令我们联想到福柯在《词与物》的开头所引述的动物分类表。

在《词与物》的开篇序言中,福柯(2016[1966])引述了博尔赫斯的中国百科全书动物分类,有趣的是,这一分类把各类动物分列为:(1)属于皇帝的动物;(2)散发香气的动物;(3)驯服的动物;(4)乳猪;(5)美人鱼;(6)传说中的动物;(7)流浪狗;(8)包括在目前分类中的动物;(9)像疯子般激动的动物;(10)不可胜数的动物;(11)浑身绘有十分精致的骆驼毛的动物;(12)其他动物;(13)刚刚打碎了罐子的动物;

(14)远看像苍蝇的动物。尽管这一看似荒谬的分类极有可能源自出处不明的杜撰,但是,博尔赫斯这一动物分类法对于福柯来说的确富有启发意义。这种令人局促不安的分类方法让福柯认识到了从事差异思考的必要性和紧迫性,并且为他对知识型的讨论拉开了序幕。福柯在《词与物》中考察了有关词(语言)与物(实在)的秩序的不同观念体系。在福柯的思考之中,"知识型"在不同时期所经历的基本上可以认为是间断的历史,那么,既然知识型在不同时期可以被认为是间断的历史,那么在不同的空间所栖息的语言和文化,是否也可以认为它们彼此之间是间断的关系呢?

我们熟知,在汉字的表意系统与印欧语言的表音系统之间,存在着诸多的差别。关于汉字,申小龙(1990)认为汉字具有概念功能与语言功能(非仅仅记录语言的功能),在汉语中文字参与语言的建构,且汉字独立的意象具有天然的语境组意与积极暗示的语法系统。他还认为,汉字为语言植入了非线性思维,并且带来了隐喻的联想,亦即汉字突破了语言文字的一维线性,将空间性植入。与此同时,欧洲语言的语法结构则是着重于形式的精密构建,具有紧凑的结构。在《洪堡特语言哲学文集》之中,洪堡特(2011)提及了汉语的分离性与灵活性,并且指出汉语之中意合的方式是欧洲语言中所不及的。即便在欧洲语言中,德语的组意功能是相对最为突出的,但是其组意也远远不似汉语灵活。由此可见,对比印欧语言,汉语具有不少独特之处。

以上多位学者的思考,为我们提供了十分有益的镜鉴。我们所能够获知的是,语言皆仰赖于人类在某一具体历史社会环境下的思维而存在。实际上,回到我们现下讨论的话题中来,在委婉语中所体现的文化特性也莫不如此。关于委婉语的对比研究显示，汉语与西班牙语的委婉语的形成机制是相似的，它们都是针对现实之中某种不便于直接表达的事物，然而，当我们深究其表达的具体表现形式，委婉语在汉语与西班牙语这两者之间却又体现出了相当大的差异（Cai，2019）。虽然在两种语言之中，委婉语的分布领域有着诸多重合，例如，最为常见的领域都是在死亡、疾病、性、社会冲突这几个领域，但是，在每一领域之中二者的构建方法又是颇有不同的，并且在表达中具体运用的意象也并不相同。还有一些不同则是由于语言本身不同的特点而带来的，例如汉语中惯常运用的谐音在西班牙语中则相对更为少用。我们必须承认的是，姑且不论其余更为庞杂的语言现象与表达，在汉语与西班牙语的委婉语之中，就已经存在相当大的文化差异。

二、译者的处理

回到我们在本节开篇所讨论的译例中来。在汉语语境之中，字本位的文字表达，要如何才能够转渡至拼音文字的表达呢？毫无疑问，这对译者而言无疑是极具挑战的一环。实际上，译者所面临的是多重的挑战。不同的文化系统中语符的编码与使用具有不同的特点：汉语和西班牙语分别为表意文字与表音文字，汉字具有独立的意象的语境组意与积极暗示的语法系统，具有非线性的意合而整体性地发挥作用，从而引发丰沛的联想。正如我们提及的这个例子，在"窃玉偷香"这一四字格的委婉语之中，几个独立的意象聚合了起来，并在一起构成了整体的暗示，表达"引诱妇女，保持不当的性关系"的含义。

我们来看在这一例中译者是如何进行处理的。《金瓶梅》第八十章"陈敬济窃玉偷香，李娇儿盗财归院"这一章回名的西班牙语译文为："Chen Jingji toma el jade y roba el perfume Li Jiao'er regresa a los barrios con una fortuna hurtada"。在这里，我们很容易能够看出译者雷林科所采取的译法，她大致上是采取了直译的方法，把"玉"译为"jade"（玉石），把"香"译作"perfume"（香气），另外，把两个动词"toma"（拿走）与"roba"（盗窃）也译出了。基本上译者是在西班牙语的语境当中重新创造了一个全新的语词表达。与此同时，她加入了注解，详细地解释了原汉语表达的出处与内涵，并放置于译著的末尾以供读者查阅：

    Metáforas por mantener relaciones sexuales ilícitas. El origen de "tomar el jade" (qieyu) aparece en varias obras de la dinastía Yuan; y parece referirse a una anécdota en la que un personaje mítico, Zheng Jiaofu, les roba sus colgantes de jade a dos espíritus de las aguas. Suele ir siempre asociado a "robar el perfume" (touxiang). ésta se basa en una anécdota acogida en Historia de Jin: La hija de Jia Chong (217 - 282), Jia Yu, le robó a su padre un valioso perfume traído de Asia Central y cuyo duraba más de un mes. Ella se lo entregó a su amado Han Shou, que quedó al descubierto, precisamente, por el aroma.

在注解当中,雷林科颇为详尽地解释了"偷香"与"窃玉"这两个表达的来源。正如我们在前文的讨论之中所提到的,雷林科的翻译在一定程度上是一种偏向于学术型的翻译,她的译文旨在追求尽可能地在西班牙语中重现原有汉语表达的特点,更重要的是,她所追求的乃是更为完善地留存原表达之中所蕴含的文学性,因为她认为文学恰恰是栖居于这些区离于日常语言的惊异感之中的。

另有一例,在《金瓶梅》的第八十三回中有一句"金莲每日难挨绣帏孤枕,怎禁画阁凄凉,未免害些木边之目,田下之心"。其中,"未免害些木边之目,田下之心"亦是一个委婉的表达。"木边之目"即为"相"字,"田下之心"即为"思"。这是一个直接源于汉语的书写方式的委婉表达,使用拆字法把二字分别拆成左右或者上下两部分而成。这一种独特的构建方法又是由于汉语语言本身的构造特点所决定的,在西班牙语中,构建委婉语的方法中,则基本上不存在这样的方法。

译者的处理非常值得考量。这一表达的西班牙语译文为"No podía evitar sentir dolor poniendo sus ojos en los árboles, el corazón en los campos cultivados"。如若将这部分西班牙语回译成汉语,其含义为"不能避免经受'把目置于木侧,心在田下'之苦"。很显然,以西班牙语作为母语的读者在初读这一译文之时,未必能够马上明白其内在含义。但是,这是雷林科所刻意采取的翻译策略，作为一位学术型的译者，她所预设的读者应是已经具备一定的中文修养，或是对于中国语言文化感兴趣的读者。她在译文处注解道，Un juego de palabras del narrador："mirada"（mu）y "árbol"（mu）juntos forma la palabra "mutuamente" o "hacia otro"（xiang）；y "campo cultivado"（tian）y "corazón"（xin），la palabra "recordar"（si）. Xiangsi significa "pensar en alguien con amor"。在这一注解之中，译者清晰地点出来这一处表达是原作者的一个语言游戏，并对此进行了详尽的解释。

在《儒林外史》中，亦有运用拆字法的委婉语的例子。第三十二章中有如下一句："胡子老官，这事在你作法便了。做成了，少不得'言身寸'。"这里的"言身寸"，实则是委婉表达"谢"字一意。译者拉米雷斯把这一句译作："Haz como mejor te parezca, Bigotes, que si me sacas del aprieto no dejaré de agradecértelo."将之回译为汉语的意思则是："胡子官，此事交由你来处置。若此事办成，把我从窘境中解救出来，我必会感谢你的。"在译文中，"言身寸"这一委婉语中所运用的拆字法实际上已经不复存在，很显然，拉米雷斯把委婉语的内涵直接译出为西班牙语了，他在这里所采用的正是我们在上一节中所分析的显化的策略。

通过分析以上诸种例子，我们试图体现的是汉语之中较为独特的表达结构是如何被译至西班牙语的。"窃玉偷香""木边之目，田下之心""言身寸"等表达，抑或是源自原有汉语语境之中独特的意象构成，抑或是源自汉语语言的书写方式，而这些表达在西班牙语的语境之中几乎难以直接寻求到对等的表达

(equivalence)。在检视这几个例子的同时，我们亦能觉察到的是，在难以寻觅到直接对等表达的时刻，这正是体现译者的翻译艺术与翻译理念的时分，而译文的结果则充分展现了译者在此时所采取的姿态与决策。

分析到这里，我们不禁作出的设问便是，在两种不同的语言与文化之间，其可通约性究竟如何呢？由于各自殊异的历史、文化与传统，以及所属语言系统的巨大分野，两个语际文化空间之中语言表达存在着诸多差异，那么，在两种相去甚远的语言范式之间，究竟可否寻求到可通约的方式呢？

三、不同范式间的可通约性

关于这一问题，实际上，已经有诸多哲学家与翻译理论家从理论的层面给予了相关的探讨，在经由分析而得出结论之前，我们在本节之中也将把前人所作的相关思考带入到我们自己的视域中来。

在这里我们首先需要考虑的一点是，不同的语言与文化可否被视为不同的范式？

关于范式的定义，库恩（2004［1962］）在《科学革命的结构》中曾经提出，范式的概念是"代表一特定社群的成员所共享的信仰、价值与技术等等构成的整体"。从这一定义出发，在广义上，某一特定的文明群体及其运用的语言理应也可以被视作一种范式。与此同时，福柯对于知识型的论述，对于我们同样也有启发。"知识型"所揭示的是西方文化特定时期的思想框架，是

"词"与"物"借以被组织起来并能决定词如何存在和"物"为何物的知识空间，是一种先天必然的无意识的思想范型。福柯认为："知识的模型在不同的历史时期有不同的变化，这个变化的过程就称为知识转型。所谓知识转型就是知识型的转变，就是知识的范式、知识的形态或知识整体的转变或者被颠覆。原有的知识型出现了问题，新的知识型逐渐出现和替代原有知识型的过程，这个知识型的转变意味着原来被认为不是知识的东西现在可能获得了知识的合法地位。"福柯指出，知识或者科学发展的历史是非连续性的。我们看到，在《词与物》中，福柯主要是从时间的维度上对知识型进行了划分。事实上，我们认为，不仅可以从时间维度上划分不同知识型，空间维度上的不同同样会造成知识型的隔阂。落实在语言与文化之中，便是如此，语言作为某个文化观念的承载，不同地区的语言文化之间存在着诸多区隔。

倘若把语言作为符号的不同范式来进行考虑，此时对于可通约性与不可通约性的讨论便可以回溯至科学哲学家库恩关于"不可通约性"（incommensurability）所作出的论断。我们可以看到，库恩对于"不可通约性"的思考历经了诸多的转变。1962年，在《科学革命的结构》一书之中，他曾经提出"不可通约性"这一术语，"不可通约性"原本的意思所指涉的不可比较性和在数学中的不可比较性是完全不同的，库恩则把不可通约性解释为不同的范式之间因为语言不通而存在交流障碍，导致无法进行交流。库恩点出了不可通约性这一术语中所涵括的三层内容：一是概念、术语和指称的不可通约，新旧范式的交替会有术语或指称上的重叠，但是其意义却不能按照旧的范式去理解。二是标准的不可通约，新旧范式的标准与逻辑不同，所以能够解决的问题也就不同。三是世界观的不可通约，库恩认为不同的范式前提下的科学家共同体拥有不同的信仰与世界观。可以看出，在这一阶段，库恩通过探讨不同科学范式之间以及不同科学共同体之间的关系，他较为决断地偏向于认为：两种不同的范式之间是不可通约的。

在《必要的张力》（2004 [1977]）这一著作之中，库恩把不同范式的科学共同体称作不同的语言共同体，而介入其他语言共同体的科学家们会产生交流障碍，这时科学家可以成为翻译者，来对不同的语言共同体的语言进行翻译以达到交流的目的。但是交流只是部分进行，因为交流的障碍仍然存在。库恩在这一阶段中，把"不可通约性"解释成为"不能完全通约"。库恩认为，在这一过程之中产生的不可翻译并不妨碍共同体之间的相互理解，原因在于，一个共同体的成员能够通过学习而获得另一个共同体成员所使用的分类方法，正像历史学家试图理解旧文本时所做的那样。但是，允许这种理解过程产生的只有双语者。同时，库恩（2004 [1977]）也提到，"我们应将持有不可通约性观点的人，看作不同语言共同体的成员，他们之间的沟通问题，在分析上应视为翻译问题"。

我们看到，在此时，库恩对于范式之间的关系的观念已经发生了一个转变，他认为：范式之间并不再是"不可通约"，而是"不能完全通约"。

科学哲学家费耶阿本德（Feyerabend, 1992 [1975]）认为，不可通约的是全部的理论术语，由于理论术语的背景原则导致两种理论的语词的意义和本体都发生变化，引起不可通约的是理论之间的普遍原则。在《反对方法》一书之中，费耶阿本德（Feyerabend，1992［1975］）认为，两种理论使用各自不同的"普遍原则"时就是指本体论的不可通约，原因是其中包含了一种本体论的完全替换。可以看到，费耶阿本德认为不可通约性的背后蕴藏了一种本体论的完全替换。

那么，在不同范式之间，究竟是全部不可通约还是局部的不可通约呢？

有趣的是，库恩（Kuhn，1982）在其所书写的《可通约性、可比较性、可交流性》一文之中，再一次产生了观念上的转变，他认为"不可通约性"主要存在于局部，而不再是两个范式整体之间的不可通约性。

库恩对于不同的范式之间的关系的思考，在这里也推动了我们对于语言与翻译的思索。实质上，库恩对于范式间关系的观点与我们的看法是不谋而合的。具体而言就是，两种相距较远的语言与文化，例如汉语与西班牙语分属于汉藏语系与印欧语系，就其本质上而言，我们可以将之视为两种本体与两个符号的范式。但是，尽管如此，在这两种语言与文化空间之间也并非是完全不可通约的，其不可通约性也主要是存留于局部。正如我们在汉语与西班牙语的委婉语的对比之中所指出的那样，通过分析与比较，我们发现了二者之间在定义、构建方式（语音、语义、句法）等多个层面上诸多的相似性，而与此同时，二者也在这些层面上呈现了诸多各自所具有的独特性（Cai，2019）。而这些具体的独特的地方，恰是局部不可通约性留存的地方。当我们把视点从委婉语的对比移开，投射到对文本翻译的综合讨论之中，我们便会发现，这种局部的不可通约性尤其体现于两个文化之间不相通的文化负载词的翻译之中。

那么，在这里的一个问题便是：不可通约性存在于局部，对于翻译又有着何种意义呢？这是否意义着，这一局部的不可通约的内容与语言表达，就是不可译的呢？

四、异的考验

我们认为，这一局部的不可通约并非直接等同于不可译。相反，恰恰正是在这个时刻，在翻译之中出现了"异的考验"。阐释学派的研究学者安托瓦纳·贝尔曼（Antoine Berman，1984）在《异的考验：德国浪漫主义时期的文化与翻译》一书中，曾经提出了"异的考验"这一概念。他指出，这一"异的考验"，主要有两层含义：一方面是目标语文化在体验外国语词、文本时所经历的异的考验；另一方面，则是外国文本从原来语境连根拔起之后，在新环境生存的考验。事实上，前文中我们所分析的这种局部的不可通约性，实质内里也便是"异"的所在。实际上，在目标语文化体验外国语词与外国文本在新环境生存的两大考验之前，译者更然是需要首先面对一种"异的考验"——作为两种范式之间的双语者的身份，面对异而做出决策。

也就是说，局部的不可通约性构筑了多重的"异的考验"。

不乏有人认为欧洲语言精确的结构有助于理性的发展，同样，不乏有人张扬汉字思维可以打破一维线性而具备其优势。我们认为，大可不必对中西的语言作出高下之分，不同的语言景观也是人类文明丰富性的体现，尤其是在当下这一历史时刻，我们已然处在一个全球化深化发展的时代，考虑范式之间的可通约性以及寻求范式之间的共存，在当前人类命运共同体的语境中或许是一项更为紧要的思考。

"小国寡民，老死不相往来"已然成为全球化时代下再也不可能回到的过去了。毋庸置疑，在全球互动日益加深的历史语境之下，翻译为不同文明间的交流与互通提供了极为重要的支持。正如我们在第一章中所提到的，文化符号学家洛特曼认为，异质符号域之间可以借助边界对话而实现符号域之间的沟通。也恰然是在这种文明间互通的过程中，双方之间能够获取更多的交流与理解。那么，在翻译的过程中，这种异的考验又是如何呈现的呢？

实际上，译者正是携带着译文面对这一异的考验，而译者所承担的就是库恩所指出的双语者的角色。从浩瀚的译史中我们可以看到，不同的译者在翻译实践之中往往倾向采取不同的策略与姿态。例如，晚清时期的翻译家林纾在面对这一异的考验之时，选择把原作以一种归化的方式进行彻底的本土化。与此相反，作为翻译家的鲁迅注重思想启蒙并希望借由翻译来改造文学与社会。他推崇硬译，倾向保留译文的"洋气"与"异国情调"，有些地方"宁可译得不顺口"（鲁迅，2006：146）。事实上，鲁迅的翻译所探寻的也已经不仅是语言的转码问题，而是文化观念的引进与重塑的问题。与此相应，翻译研究学者韦努蒂所主张的也是异化的翻译，韦努蒂认为，在以往翻译传统中，对于归化翻译的过分推崇，某种程度上源于文化霸权主义主导下的不平等的跨文化交流，在这一传统下，译作与译者也处于一种"隐身"的状态，而只有异化翻译才有益于解构文化殖民并且建构一种真正平等的交流关系。

我们在此处还有必要思考的是，异化的翻译是否可以有助局部不可通约性的缩减呢？我们的回答大抵是肯定的。在当今世界，世界各个国族的文明正是在融汇之中推动了新的语词的产生。从各国语言的发展之中可以发现，这样的例子不胜枚举。例如，在西班牙语之中原本不存在的"almohada"（枕头）一词便是起源于阿拉伯语的"al-mikadda"，而类似的从阿拉伯语翻译而演化来的西班牙语词还有诸多，更毋庸谈法语和英语与西班牙语词汇之间发生的交融与影响。在汉语语境之中，也有诸多相似的情形，诸多词汇也是原有的汉语语境之中不存在的，而异化的翻译带来了新的语汇。我们想说的是，在不可通约的范畴之中，文化之间通过翻译得到了进一步的丰富与充实，而正是通由这种途径，两个语际文化空间之间在寻求抵达与建构更大的可通约性。

第三章
异域的接受与阐释

在本书的第一章中,我们首先对于明清小说文本借助翻译跨越国境发展为世界文学的概况进行了回顾;随后,从异质符号域之间的对话与权力关系的理论视域出发,我们对明清小说文本进入西班牙语世界的翻译历程进行了总览式的剖析。最后,我们探讨分析了影响明清小说在西班牙语世界的翻译传播的多元因素。在本书的第二章中,我们旨在开展翻译的内部研究,从描述型翻译研究的理论框架出发,结合具体的明清小说的西班牙语翻译文本,从其翻译策略、翻译共性以及翻译之中的可译性与可通约性等方面进行探析,得出了相关的结论。

事实上,在上面提到的两个方面之外,整理与考察明清小说文本在西班牙语语际空间之中是如何被阅读与阐释的,以及它是以何种方式进入到西班牙语世界学界的研究视野与公众的阅读视野,同样也构成了本研究中一个尤为重要的方面。在本章的论述中,我们主要探讨的便是明清小说文本在西班牙语世界的阐释与接受的问题。

西班牙与拉丁美洲学界相对较晚才开启对明清小说文本与西

班牙语翻译的讨论，但截至目前业已累积了从多个视角与维度展开的研究与探讨。在本章的第一节中，我们将较为详细地梳理西班牙语世界已有的对于明清小说的阐释与讨论，并尝试理清这些阐释与讨论何以开展的具体思路。在这一部分的梳理之中，我们首先将关注的是与明清小说文本相关的研究论文与著作。这些论著从丰富的路径开展，并且其中不乏一些较为突出的主题研究。在梳理的过程中，我们注意到，诸多学者把研究的视点聚焦于明清小说中的女性形象，并开展了深入的讨论。因此，在第二节之中，我们将就明清小说的解读中的一个重点，即西语学界对于明清小说中女性形象的关注与研究，予以专门的梳理与讨论。

另一方面而言，在西班牙语世界的公众包括多位作家的阅读与写作之中，也可以见到明清小说激发的回响。我们在本书第一章中曾提到，博尔赫斯不仅是明清小说的读者，还是其翻译的推动者。在当前的西班牙，更是有作家受到了《儒林外史》的影响，基于对西班牙知识分子的身份的关切，在西班牙语语境之中开展了其写作。这一些例子在某种程度上也表明，明清小说对于西班牙语世界民众的自发书写也产生了一定的影响。如若说翻译本身已然构成了一项诠释行为，阅读与阐释则更毫无疑问地形成了一项新的诠释。在本章的第三节之中，本书则将着重以博尔赫斯为例，结合诠释学的理论视域，来读解明清小说在西班牙语世界的传播中蕴含的诠释与阐释的问题。

第一节　视角与阐释——西语世界相关学者对明清小说的研究与阐释

一、从忽视到关注：西班牙语世界对于明清小说的阐述概览

当我们回顾早期从西班牙来华的传教士与汉学家的学术活动，便能发现，他们大多把目光焦点放置在中国儒家典籍上，进行了大量的翻译，然而，他们对于明清时期的小说文本的关注却是远远不及前者。在《中西交通史》一书中，历史学家方豪（1983：966）曾经作出了这样的一个论断："明清来华教士几无不研读中国经籍，实亦中国古代文学作品也，惟教士所重者在经籍中之宗教思想……纯粹之文学作品，教士多不注意，甚或有不屑一顾者，观早期教士中无一翻译中国文学名著可知也。"确然，西班牙传教士也无不是如此，他们对明清小说章节片段的驻足与翻译，多是出于汉语学习之目的。实际上，这一现象与当时小说这一文体在中国的正统文化中所处的边缘地位也可能存在一定的联系。

在明代前期，《三国演义》《水浒传》等作品的出现为此后的白话小说的发展奠定了坚实的基础，直至明朝中后期，白话小说已经全面而蓬勃地发展了起来，涌现了一大批优秀的作品。从清朝初期到清朝中叶，长篇小说和短篇白话小说集共有 150 部左

右，文言短篇小说也大量出现。然而，尽管在明清时期已有不少文人大力提倡小说，而且不乏学人从理论上对于小说进行的诸多探索，但是，在一些正统文人的心目之中，小说仍是不足登大雅之堂的小道。更是有言论认为，小说是"易坏人心"的"倡乱之书"，在历史上屡遭焚毁。另外，许多小说的作者往往羞于申称，不敢署名或者是署下假名，亦可见当时小说的作者不受重视。

西班牙拉科鲁尼亚大学（Universidad de La Coruña）的涅维斯·佩纳·苏埃罗（Nieves Pena Sueiro，2009）教授整理资料并撰写了《黄金世纪的西班牙对中国相关信息文献的传播和接受》一文。西班牙的黄金世纪时期主要所涵盖的是西班牙自1492年至1681年这一历史时段，在该篇论文之中，她着重列举了黄金世纪时期在西班牙诞生的与中国相关的介绍文献，并记载了多部相关著作。其中，绝大部分著作都是由传教士完成的相关书写。例如，1577年在塞维利亚出版了由埃斯卡兰特（Bemardino de Escalante，1577）所撰写的《葡萄牙人前往东方各国及各省的航行，及中华帝国相关纪闻》（*Discurso de la Navegación que los Portugueses Hazen a los Reinos y Provincias del Oriente，y de la Noticia que Se Tiene de las Grandezas del Reino de la China*）一书，该书详尽地描述了明朝的情况，并启示了路易斯·若热·德·巴尔布达（Luis Jorge de Barbuda）在此后进行的地图绘制——这是在欧洲出现的第一个单独的中国地图。可以见出，当时的诸多著作为西班牙社会在今后对中国进行更深入的了解提供了多方面的信息。但是，值得注意的是，在早期的西班牙来华传教士的这些书写之中，事实上对于小说文本的关注却是寥寥无几。

然而，随着时间的推进，西班牙语世界的学界对明清小说文本关注的境况发生了转变。自18、19世纪起始，英国等欧洲多国学界逐步开启了对于明清小说的大规模的翻译与研究。而在18、19世纪之间，西班牙语世界的学界也与明清小说文本形成了间接的接触，直至20世纪中后叶，西班牙的汉学走向了新的阶段的成熟。这一阶段之中，涌现出了一批相关的翻译、阐释与研究。从目前来看，在西班牙语世界的学界已经有不少学者将其视点聚焦于明清时期的古典小说文本的翻译、阐释与研究，或者是在其论述之中涉及并讨论了明清小说。

因此，我们在本部分研究中所着重讨论的学者的论述，绝大部分都是集中于20世纪之后的这一历史时段。一方面来说，明清小说文本在西班牙语世界的翻译从20世纪开始已经逐步开启并逐渐丰富。在前文提及的明清小说文本翻译至西语世界的第二个历史时段，尽管许多译本是从以英语为主的欧洲语言转译而来，但它们仍然吸引了西语国家不少学人与读者的关注。例如，博尔赫斯便对东方文化产生了浓厚的兴趣，并且引发了诸多解读与讨论。另一方面而言，自20世纪70年代后期以来，随着西班牙语世界汉学在新时期的上升与发展以及一批汉学家的成长，西班牙语世界的学界对于明清小说的关注与讨论日益增加，除了文本翻译日益蓬勃的发展，汉学家们也对明清小说文本再度开展了更深一层的讨论，从而诞生了一批相关的论著。

在此，我们将列举与讨论其中一些比较具有代表性的论著，并对其研究阐释的路径予以梳理与分类，以了解相关研究阐释在西班牙语世界开展的概况。具体而言，我们将从学界的研究以及公众包括作家的阅读两个方面来进行考察。

二、各类相关研究与阐释的展开

在西班牙语世界，关涉明清小说的研究与阐释的相关论著与讨论已经有了不少积累，我们在梳理中主要可以将它们从以下几个方面进行归纳与整理：相关文化通论类的研究、文学选集的翻译与介绍、专题的研究、文类的研究以及散见的论文与书章中的探讨。最后，明清小说对于西班牙语世界的公众与作家的创作也产生了一定影响，我们也将予以整理。

我们将具体分类讨论这些研究与论著。第一类是对明清小说的一些相关介绍以及评论，它们散见于西班牙语世界所出版的一些文化通论类的书籍当中。在 1984 年，墨西哥学院出版了由墨西哥的汉学家弗洛拉·博顿（Flora Botton Beja）撰写的《中国：公元 1800 年以前的中国历史与文化》（*China：Su Historia y Cultura hasta 1800*）一书，这是在西班牙语世界诞生的第一部由中国研究的专家撰写的历史通论的著作。该书以中国的历史朝代为纲，对公元 1800 年前中国每个朝代的历史与文化概况分具体的领域作了介绍与评论。在该书中，作者多次论及明清时期包括小说在内的文学创作，关于明清小说，本书的作者在全书之中也提出了自己的一些论断。

弗洛拉·博顿在对于明朝的文学进行介绍时，主要提及的作品有《三国演义》《水浒传》《西游记》《金瓶梅》等。在论述之中，她从社会与女性的角度做了不少评论，这与她作为社会学家对于性别研究的关注自然有着密切的关联。弗洛拉·博顿（1984）认为，自明朝起始，在中国的小说与散文之中开始逐渐出现了有关女性的讨论。尽管在先前已有的一些汉语书籍中已经出现了对女性的贤良品质的书写以及对典范式女性的描绘，但是在此时的文学创作之中产生了一个重要的转变，那便是，在诸如《金瓶梅》的一些作品之中开始出现一些强悍的并且个性鲜明的女性角色。与这一书写现象密切相关的是，在当时现实的社会生活中也产生了一些对女性生活进行指导的论著。尽管这一类具有指导性质的书写并未能将女性放置在与男性完全平等的地位来看待，但它们至少是把女性作为值得被关注的对象来进行解读。例如，陆坤在其指导女性生活的一本著作中，明确反对寡妇自杀以及杀害女婴的现象，他对工作的妇女进行了称赞，并且认为，即使是来自较低社会阶层的妇女也可以是有德行的，更为重要的是，他鼓励妇女学习有用的知识（例如某些医学原理），并且让她们认识到她们拥有保护自己免受侵害的权利。弗洛拉·博顿同时提及了归有光，当时他对寡妇的守节与自杀也进行了批判。作者认为，明朝的李贽是一位坚定的女性的支持者，因为他提出，一位女性在智识上完全具备与男性等同的能力，而这一观点相对当时"女子无才便是德"的观点而言，可以说具有革命性的意义。

与此同时，关于清代的小说，弗洛拉·博顿也作了一些相应的介绍与评论。她在书中写道："在18世纪时，白话文学发生了变化，清朝满族统治时期所盛行的风格与读者的品味使得当时所流行的小说与短篇小说多以古典风格写成。这些作品多有文学的用典，并且在内容上显得更加晦涩。在这些作品当中，作家弃置了那种口语的随性表达，与此同时，作品在文字表达的深度和广博程度上则有所提升。在短篇故事之中，蒲松龄的作品脱颖而出，其著作《聊斋志异》遵循了唐传奇的奇幻故事传统，很快就广受欢迎。"（Botton，1984：387）弗洛拉·博顿认为，《聊斋志异》可以与西方世界的《一千零一夜》作比。关于《红楼梦》与《儒林外史》，她则写道："……另一部在整个中国文学史上最为著名的小说无疑便是《红楼梦》，这部小说讲述了一个几代人同住在一个屋檐下的显赫家庭的故事。作者曹雪芹讲述了其在一个富裕家庭中的生活经历，并在其中展现了生活中各种常见的复杂境况，例如家庭中长辈与老人的暴政统治以及堂兄妹之间的令人沮丧的爱情等。这部小说最大的优点在于它的真实感以及在表现人物心理方面体现的深度。另一部重要的小说是吴敬梓所著的《儒林外史》，这部著作谴责了充斥着平庸、虚假和虚伪的文人世界，其中充满讽刺和痛苦的是，这是一个由精通八股文写作与讨好上司的人统治的世界，与此同时，另一些诚恳而老实的人物在他们中间徘徊却一无所获。"（Botton，1984：388）这本论著中的相关讨论是西班牙语世界学界相对较早的对明清小说的引介。但是，由于该书的讨论所涉及的历史时段较长，而主要讨论的内容也涵括颇广，对于明清小说的关注只占据了其中较小的篇幅。

2006年，西班牙巴塞罗那自治大学的华金·贝尔特兰·安托林（Joaquín Beltrán Antolín）主编了《中国视域》（*Perspectivas Chinas*）一书，这本书围绕中国的各项主题进行了探讨，涵括的范围包含了政治、宗教、语言政策与文学传统等。该书的第一章之中专门介绍了中国的思想与文学，其中文学部分主要由汉学家雷林科负责撰写。不过，同样由于该书所涵括的范围较广，对于明清小说的讨论，书中只是简略地涉及了。

另外，在西班牙语世界也有不少书籍作品并未直接讨论文学作品，但是从侧面论及明清时期的小说的社会背景，抑或是从汉语言文字的角度阐发了讨论。例如，雷林科教授在2009年主编的《古代中国的权力建构》（*La Construcción del Poder en la China Antigua*）对古代中国的权力构建从各个角度阐发了观点，该书的撰写过程中集结了欧美诸多重要的汉学家，例如巴黎东亚文明研究中心的程艾兰（Anne Cheng）、普林斯顿大学的狄宇宙（Nicola di Cosmo）、耶路撒冷希伯来大学的尤锐（Yuri Pines），等等。再如马丁内斯·罗布雷斯（David Martínez-Robles）著有《汉语：历史、符号与语境》（*La Lengua China：Historia，Signo y Contexto*），在2007年由巴塞罗那UOC出版社出版。另外值得一提的是，除了西班牙语世界本土学者的论著之外，也有不少英美学界关于中国的文化通论的著作也被翻译成西班牙语。例如，1977年美国东方研究学者费诺罗萨（Ernest Francisco Fenollosa）与诗人庞德（Ezra Pound）编撰出版的《作为诗歌手段的中国文字》（*The Chinese Written Character as a Medium for Doetry*）一书被翻译为西班牙语出版。另外，法国汉学家谢和耐（Jacques Gernet）著有的《中国世界》（*Le Monde Chinois*）一书也被译成西班牙语（*El Mundo Chino*）出版。2000年，西班牙希鲁埃拉出版社（Siruela）翻译出版了荷兰汉学家与东方学家高罗佩

(Robert van Gulik)的《中国古代房内考》(*La Vida Sexual en la China Clásica*)。

  第二类，则是文学选集的翻译与介绍，其中比较有代表性的是秘鲁汉学家吉叶墨教授编著的《雕龙：中国文学选集》(*Esculpiendo Dragones: Antología de la Literatura China*)。在1996年，秘鲁大学的吉叶墨教授（Guillermo Dañino）编撰了《雕龙：中国文学选集》一书，该书共有上下两册，以文学选集的形式向西班牙语世界介绍了中国文学史。该书的标题《雕龙》就取自刘勰的《文心雕龙》，吉叶墨在该选集之中也收录了《文心雕龙》的部分内容。该书主要关注的是古典文学，全书以中国文学作品的体类为序，其中具体涉及了古代神话、《易经》、《论语》、楚辞、道家典籍、唐诗、寓言、宋词等，涵括的范围较为广阔。在每一体类的章节之中，作者首先对该文学体类进行简要的介绍，随后附以具体选篇的西班牙语译文。在该选集的第二册中，明清小说占据了极为重要的篇幅，当中具体收录的明清小说文本包括《三国演义》《水浒传》《西游记》《封神演义》《金瓶梅》《警世通言》《聊斋志异》《儒林外史》《红楼梦》《浮生六记》《镜花缘》等作品的选段。

  值得一提的是，吉叶墨于1979年来华并在中国数所高校任教十余载，在2002年返回秘鲁之后，他便在当地积极推广中国的文学与文化。他所就职的秘鲁天主教大学的东方研究中心成立于1987年，是秘鲁历史最为悠久的东亚研究机构。东方研究中心曾经出版过一系列与亚洲和中国相关的书籍，并且曾经长时间开设汉语课程，直至2009年该校的孔子学院也开始开设中文课程，该中心才停止汉语语言课程的教授。不过，该中心目前仍然开设一些与中国文化相关的课程，如中国文学概论、中国文化史和中国宗教概论等。

事实上，除了《雕龙》以外，目前在西班牙语世界还有相当数量的中国文学翻译的选集与介绍。不过，在这些文学选集之中最为常见的体裁一般是诗歌与短篇故事，直接涉及明清小说的并不多，只有一部分选集涉及《聊斋志异》之中的故事，例如塞克斯·巴拉尔出版社在2000年出版的《中国幻想故事集》。此外，我们此前提到过的博尔赫斯编撰的《幻想文学集》也收录了《聊斋志异》与《红楼梦》中的一些节选篇章，等等。

第三类相关的论著类型是专题的研究。例如，马德里自治大学的汉学家与东亚研究专家达西安娜·菲萨克·巴德尔（Taciana Fisac Badell，1996）教授撰写并出版了《龙的第二性：中国女性、文学与社会》（*El Otro Sexo del Dragón*：*Mujeres*，*Literatura*，*Sociedad en China*）一书。在该书中，她对中国文学中的女性形象予以详细的分析，其中她也专辟章节分析了明清古典小说中的中国女性形象，具体涉及的作品包括《聊斋志异》《水浒传》《金瓶梅》《儒林外史》《红楼梦》《镜花缘》等。在本章第二节之中，我们将围绕该论著进行更为深入的探讨，也将梳理西班牙语世界对明清小说的女性形象的理解与阐释。2002年，西班牙的伊多亚·阿比拉加·格雷罗（Idoia Arbillaga Guerrero）通过阿利坎特大学出版社出版了《中国文学在西班牙》（*La Literatura China Traducida en España*）一书，作者在书中分门别类地梳理了中国文学在西班牙的翻译与接受的情况。在第一部分之中，作者专门讨论了小说这一类文学的翻译。不过，值得注意的是，作者本人实际上不通中文，因其对中国的背景与文化的了解较为有限，书中对资料的整理较为粗略，存在不少疏漏，而一些评论也有值得商榷之处。对于明清小说的介绍，作者也只是较为简略地提及了《红楼梦》《西游记》与《儒林外史》。

在关于文类的研究方面，也存在一些相关的论著。在 2008 年，雷林科教授联合几位学者共同编撰了《中国叙事：唐朝至二十一世纪的小说及非文学书写》（*Narrativas Chinas：Ficciones y Otras Formas de No-literatura de la Dinastía Tang al Siglo XXI*）一书。该书以虚构小说这一文类作为研究的中心，剖析了中国叙事文体的发展。在该书第三章中，雷林科专门对明清时期的小说做了全面的介绍。此外，该书还针对小说这一文体的发展以及志怪小说与佛教文学等多方面的内容进行了评论。在另外的章节中，书中还讨论了当代文学的发展。正如书中序言所写："这部书是依据对于小说这一文体发展的历史轨迹而开展的，事实上，从历史上来看，小说这一文学体裁一直被中国古典文学传统所边缘化。本书揭示了中国的学者与文化借由小说而栖息的另一种存在形式，而这恰然也挑战了西方以往对此惯有的固定认识。"（Alicia Relingue Eleta，2008）

在西班牙语世界，除了以上学者在著作之中对明清小说文本所开展的讨论，也有诸多散见的学术论文对明清小说予以论述、读解与分析。我们在第一章中曾经提到，在 2017 年，马德里北欧出版社（Nórdica）出版了《世界文学云图：发现世界的 35 部作品》（*Atlas de Literatura Universal：35 Obras para Descubrir el Mundo*）一书，这一文学选集对于世界文学有代表性意义的 35 部作品做了介绍与评论。其中，卡洛斯·马丁内斯·肖（Carlos Martínez Shaw）专门介绍与评论了《红楼梦》。2018 年，格拉纳达大学文哲系的汉学家佩德罗·圣吉内斯（Pedro San Ginés）发表了《中国小说〈红楼梦〉中的隐喻》（*Lenguaje Figurado en la Novela China "Sueño en el Pabellón Rojo"*）一文，进行了细致的探讨。学者特雷莎·特赫达·马丁（Teresa Tejeda Martín, 2018）发表了《〈红楼梦〉中的女性形象——性别的建立与逾越》（*Imagen de la Mujer en Sueño en el Pabellón Rojo—La Construcción y la Transgresión del Género*）。何塞·玛丽亚·卡韦萨·莱内斯（José María Cabeza Laínez, 2017）在一篇论文中，从博尔赫斯的小说《小径分叉的花园》谈起，从美学的视角充分探讨了《儒林外史》之中所蕴含的道家思想。雷林科也著有多篇探讨中国古典文学的论文，例如《"黎明的云，傍晚的雨"：论中国文学中的情色建构》（*"La Nube del Alba, la Lluvia del Atardecer": Sobre la Construcción del Erotismo en la Literatura China*）等论文，结合作品文本与作者的思考进行了丰富的阐发。另外，卡斯蒂利亚拉曼查大学（Universidad de Castilla-La Mancha）有一位青年学者完成了西班牙作家胡安·佩雷斯·蒙塔尔班（Juan Pérez De Montalbán）与蒲松龄的比较文学平行研究（Chen Xinyi, 2019）。

关于明清小说的译介方面，也有丰富的研究论述。古孟玄有一篇博士论文详细探讨了《红楼梦》中文化负载词的西班牙语翻译策略（Ku Menghsuan, 2006）。另外她还对《西游记》中文化元素的翻译策略进行了研究（Ku Menghsuan，2019）。由拉米雷斯指导的一篇硕士论文则细致地探讨了《西游记》当中诗词的西班牙语翻译（Mei Lan Chiu，2007）。此外，笔者也在博士论文中探讨了《红楼梦》《金瓶梅》《儒林外史》的西译本中委婉语的翻译问题（Cai Yazhi，2016）。此外，西班牙语文学研究学者陈众议在负笈墨西哥期间，也曾长期在墨西哥的杂志刊文介绍中国文学。在国内，也有一些围绕明清小说的西班牙语翻译的相关论文，其中赵振江（2004，2017）与程弋洋（2015）曾经围绕《红楼梦》的西译发表过一系列论文。

在这里值得补充的一点是，在当前围绕中国文学在西班牙的译介而开展的研究论文之中，有相当一部分主要是着眼于现当代文学而不是古典文学。例如巴塞罗那自治大学的爱莲娜·卡萨斯·托斯特（Helena Casas Tost）与萨拉·罗维拉·埃斯特娃（Sara Rovira Esteva），两位学者目前是翻译研究领域较为活跃的学者，她们从翻译研究的视角围绕余华与莫言的作品发表了诸多的研究成果，但是她们对于古典文学的讨论并不多。另外，在国内，近几年也有诸多研究关注现当代文学在西班牙语世界的翻译与传播，这一点与我们先前对于翻译出版的考察在某种程度上是一致的。经过分析近几年西班牙语世界对中国文学的译介情况，我们看到，虽然包括明清小说在内的古典文学的翻译一直还在持续地推进，但是，当前而言，现当代文学所受到的关注仍是多于古典小说的。

除了相关的研究著作与论文，我们在前文中还曾经提到，中国古典文学包括明清小说曾经对于拉丁美洲的数位作家的创作产生了一定的影响，例如文中所述的博尔赫斯、帕斯等。在下一节中，我们将会详细探讨博尔赫斯对明清小说的诠释以及其在创作之中所具备的共通之处。

此外，在中国出版的一些与文学以及明清小说相关的论著也传播至西班牙语世界。例如，早在 1985 年，外文局翻译出版了《艺术与文学》（*Arte y Literatura*），在 1986 年，外文局又出版了陆侃如的著作《中国古典文学简史》的西班牙语译本，2002 年西班牙蓝色出版社（Azul）还翻译出版了鲁迅的《中国小说史略》。值得一提的是，外文局在 20 世纪 80、90 年代向西班牙语世界推出了一系列的译著与书籍，来介绍中国的语言、文学、艺术等，当中的许多书籍与资料至今仍然保有其影响，有些甚至被列入了西班牙语国家大学汉语专业的教学大纲参考文献。另外，在西班牙有一本名为 *Revista RCT* 的电子杂志，每年发表一期，专门刊发中国文学译文及关于中国文学的文章。

以上是在西班牙语语境之中诸多学者对于明清小说的相关阐释与论述的概览，当中各个学者基于其自身的视角对明清小说发表了相关的见解。从早期而言，主要是一些文化通论的介绍与文学选集的翻译，之后在西班牙语世界学界陆续诞生了更多的对明清小说的专题研究、文类的研究以及对文本翻译的研究，因而各类研究逐渐建构起了有关明清小说文本的多元性与开放性的阐释。这表明，在西班牙语世界，已经存在从多元的路径所开展的关注与讨论，并且这些已有成果的研究脉络呈现了诸多学者对于文本阐释的不同的重心与取舍，与此同时，这些多元的研究路径与研究成果也寓示着这些作品在西班牙语世界的阐释边界的开放。

不过，尽管如此，与其他的语际文化空间相比，尤其是与英语世界的学界相比较而言，在西班牙语世界针对明清小说的研究与阐释在数量上仍然相对较少。目前而言，西班牙语世界对于中国文学与明清小说的研究还在推进之中，仍然还有诸多可待进一步探索的空间。

在此我们可以引美国明清小说研究的情况来进行对比例证。美国的明清小说研究同样是20世纪中后期才起步，在20世纪50年代前后，美国的汉学研究中心设立的数量仍然还相当稀少，在整个美国，开展汉学研究的学者也非常少。例如，当时胡适在美国巴尔的摩组织召开中国研究会议时，参会人数还未及百人。然而，在"二战"之后，随着美国对于了解中国的需求日渐增加，以及美国自身希望能在中国扩大影响力的需要，美国扩张了许多大学的东亚研究系与中国研究专业，并增设了多种基金会补助的研究计划。与此同时，美国亚洲研究协会（Association of Asian Studies，简称AAS）的会员人数及其规模都不断地获得了增长。到了80年代，美国的汉学研究的队伍已经发展得较为庞大，而且，其研究的范围也涉及人文社会学科的众多领域。（邹颖，2016：353）

目前而言，在西班牙语世界的汉学研究中心与机构，主要也是依托于多所高等院校，其中目前较为领先的有：巴塞罗那自治大学、格拉纳达大学以及马德里自治大学，我们在第一章中对于明清小说在西班牙语世界的译者的介绍的部分也曾经对这一点有所提及。不过，随着中国与拉丁美洲的经济、政治、文化的联系变得逐步密切，汉语世界与西班牙语世界两者之间的关联日益深化，在今后势必会有更多的明清小说研究的相关成果诞生。

三、 在公众及作家之中引发的回响

在西班牙语世界，诸多明清小说并非仅是在学界获得了汉学家等相关学者的关注，实际上不少作品也在传播中引发了在汉学界以外的社会各界的关注与讨论，《儒林外史》就是其中一个例子。

1991年6月，拉米雷斯翻译的《儒林外史》的西班牙语译本由巴塞罗那的塞克斯·巴拉尔出版社出版。这个译本一出版，旋即便引发了西班牙的学术界以及新闻界的浓厚兴趣，西班牙《五天报》在1991年7月10日刊载了西班牙作家与翻译家拉蒙·布恩纳（Ramón Buenaventura）题为《中国的讽刺》的评论文章，在文章中他写道："可以肯定，这将是这个夏季里一部极佳的读物，阅读它，需要悠然自得与心平静气，然后慢慢地溢出苦涩的微笑。这是一部优美的古典作品，它超越时代、超越文化、也超越肤色，这就是劳雷阿诺·拉米雷斯翻译的吴敬梓的小说《儒林外史》……因为切身的经历，吴敬梓在《儒林外史》中不仅抨击了科举考试制度，而且也抨击了那些数年闭门读书只为金榜题名的文人。这些人功成名就，为的不过是过上安逸、清闲、无所事事的日子。这部小说吴敬梓原本可以写成他自身经历的血泪账，但作家的才能使他超越了这种局限。丰满的人物形象，各种各样的轶闻趣事以及作家对现实生活的非凡的观察力，逐渐使我们确信展现在眼前的是一副辛辣讽刺的社会风俗画。这部 500 页的著作向我们揭示了一个完整、深奥、僵化、独特的世界，可谓是一部教科书般的作品。"此后，在 1992 年，这一译本荣获了西班牙的国家翻译奖，并且产生了重要的社会影响，初次印刷出版的 5 000 册译本很快便销售一空。

《儒林外史》的西译本并非只是在出版时获得成功，后续它还在西班牙持续产生着影响。在 2014 年，西班牙的作家与评论家格雷戈里奥·莫兰·苏亚雷斯（Gregorio Morán Suárez）所著的《牧师与文人——儒林外史：1962—1996 年西班牙的文化和政治》(*El cura y los mandarines—Historia no oficial del Bosque de los Letrados：Cultura y política en España*) 一书由马德里的阿卡尔出版社（Akal）出版。我们从该书的西班牙语标题就可以明显地看到，这是一部向吴敬梓的《儒林外史》致敬的作品，因为《儒林外史》的西班牙文译名正是 *Los Mandarines：Historia del Bosque de los Letrados*，这部书的西班牙文书名已经点出，这是一部西班牙本土的儒林外史。事实上，作者本人也在书中明确指出这一部作品的诞生在某种程度上受到了《儒林外史》西译本的影响。

格雷戈里奥·莫兰·苏亚雷斯于 1947 年出生于西班牙的奥维耶多，他书写了大量与当代西班牙的文化与政治相关的论著，包括《阿道夫·苏亚雷斯：雄心勃勃的历史》(1979)、《民主过渡的代价》(1991，2015)、《荒原上的大师：奥尔特加·加塞特与法兰西文化》(1998)、 《阿道尔夫·苏亚雷斯的野心与命运》

（2009）以及《牧师与文人》（2014）等。① 西班牙的一些评论家认为，格雷戈里奥·莫兰·苏亚雷斯敏锐的文笔是新闻批评写作的参照和典范。在这一部《牧师与文人》的书写之中，他以"神父"耶稣斯·阿吉尔（Jesús Aguirre）的形象为线索，评述了1962年至1996年间西班牙文化以及这一历史时段的知识分子波涛云涌的历史。作为一部向《儒林外史》致敬的作品，这部作品总结了作者数十年的详尽观察，书中精妙地描述了知识分子（包括学者、小说家、诗人、政治家与艺术家等）的变化，也正是这些知识分子建构了20世纪下半叶的西班牙的制度文化。在西班牙有评论认为，"这是一部富有争议且敏锐鲜明的作品，这一部撼动人心的作品将是无可争议的里程碑，也是在对西班牙近代历史进行诠释与教学的过程中所必不可少的阅读作品"。这足以佐证《儒林外史》的影响力不只是限于汉学界与局限的阅读群体，事实上这一作品已然进入了主流群体的阅读视野，甚至对西班牙的知识分子与作家产生了影响。

  《儒林外史》仅是其中一例，还有诸多作品引发了更多的关注。早前《红楼梦》《聊斋志异》等明清时期的多部小说在阿根廷作家博尔赫斯的心目之中就留下了深刻的印记。《红楼梦》的西文译本自出版至今引发了公众极大的关注。在西文版《红楼

---

① 上述作品的西班牙语原名分别为 *Adolfo Suárez：Historia de una Ambición* (1979)，*El Precio de la Transición* (1991 y 2015)，*El Maestro en el Erial：Ortega y Gasset y la Cultura del Franquismo* (1998)，*Los Españoles que Dejaron de Serlo* (2003)，*Adolfo Suárez. Ambición y Destino* (2009)，*El Cura y los Mandarines* (2014)，*Miseria，Grandeza y Agonía del Partido Comunista de España*，1939 - 1985 (2017)。

梦》的前言中，时任格拉纳达大学副校长的胡安·弗朗斯科·加西亚·卡萨诺瓦（Juan Francisco García Casanova）曾经写道："阅读曹雪芹的巨著《红楼梦》使我们无法平静，它向我们提供了无比丰富的情节，从而使我们对中国文化和智慧的无限崇敬更加牢固，对西方的传统来说，这种崇敬几乎向来是直观而朦胧的。"他同时也说道："对格拉纳达大学来说，此书的出版意味着极大的光荣和自豪，因为格大首先把这智慧和美好的极其丰富的遗产译成了西班牙文，尽管它早已被译成英文、德文、法文、意大利文、希腊文、日文、匈牙利文、罗马尼亚文……"《红楼梦》西文版的第一卷出版之后，在西班牙掀起了"红楼热"，1989年，在文学刊物ABC杂志第2期的"书评家推荐书目"中，有两位评论家同时推荐《红楼梦》，紧接着杂志第3期又发表了西班牙诗人与文学评论家华金·马尔科（Joaquín Marco）评介第一卷《红楼梦》的文章，另外《阅读》《吉梅拉》等文学杂志也相继发表评介和推荐文章。1989年5月3日，时任格拉纳达大学出版社社长的曼努埃尔·巴里奥斯（Manuel Barrios Aguilera）在当地报纸《理想》（*Ideal*）的访问中说道："这部中国小说的译本在全国各地赢得的反响促使我们大学出版社要改变自己的方针，我们要与那些丑陋的、令人反感的图书决裂……"（胡文彬，1993）此外，格拉纳达地区的电台和西班牙电视二台还不止一次地播放过有关《红楼梦》的专访。

2010年，西班牙《国家报》上刊出了一篇由何塞·玛丽亚·盖尔本（José María Guelbenzu）撰写的专栏文章来介绍《红楼梦》，题为《中国的〈堂吉诃德〉》。评论文章中写道："《红楼梦》这部非凡的作品终于被翻译成了西班牙语，这部作品对中国文学的重要程度，正如同日本文学中的《源氏物语》或者西方文学中的《堂吉诃德》一样。这部创作于清朝的宏大的作品由一百二十章内容组成。该书的作者曹雪芹来自一个显贵的家庭，然而家道中落使他陷入了痛苦，此后他流落生活在北京西山郊区。不过，他仍然是一个独立而桀骜不驯的人。该书原题为《石头记》，于 1765 年问世之后引起了广泛的共鸣，先前作品有八十章，后来又被续写了四十章并以《红楼梦》为题而广为流传。……这部作品中交织了无数的故事，仿若是一个由情感、感受、思想与态度所构架的复杂的刺绣，在其中体现了一种普遍的丰富性与复杂性。"

实际上，在《儒林外史》与《红楼梦》以外，还有其他诸多作品也在读者的阅读过程中不断地焕发生机。例如，在西班牙语世界，《西游记》及其译本不仅在许多图书馆有馆藏，其各种形式的衍生作品也不断地在吸引着新的读者群体。日本漫画家鸟山明以《西游记》为灵感而创作的《龙珠》系列漫画拥有许多读者，其中一些读者也正是借此而了解到《西游记》。除了有动漫、电影、电视剧等相关创作被翻译传播至西班牙语世界，《西游记》之中的一些人物形象也以游戏人物等形式在青年受众中传播，如知名的电子竞技类游戏 *Dota 2* 与 *League of Legend* 等，都包含了比如孙悟空等耳熟能详的人物角色。此外，近期还有爱好者制作了《西游记》的相关介绍的动画短片在网络传播并受到了较多的关注。再如，《三国演义》也受到了公众的欢迎，不仅有爱好者自发从英语转译了《三国演义》并以电子版本正式出版传播，亦有衍生的游戏传播至不少国家与地区。在西班牙语世界的各大书展上，明清小说等古典文学作品也常常受到当地读者的欢迎。达姆罗什认为世界文学是一种阅读方式，这一观念在诸多明清小说译作的传播与影响过程中得到了生动的体现，正是读者的阅读再度赋予这些文学作品新的生命。

第二节　西语学界对明清小说之中的女性形象的阐释

一、女性研究思潮与西班牙语世界学界的关注

女性研究作为一个正式的研究领域，在20世纪60年代在美国和英国出现。性别作为一种身份认同的话语和文化建构的产物，关注人们的主体与相互关系是如何被表达与建构的。在近几十年，女性研究已经发展为一个重要的研究领域，女性主义的运动与女性主义的理论与研究思潮也在历史的进程中日益丰富起来。在这一研究的历史语境之中，西班牙语世界的学界对于明清小说的研究与讨论，同样受到了这些后现代理论思潮的影响。近年来，关于明清小说的阐释与研究，在西语世界不乏学者从女性主义批评的视角进行阐释与理解。

在上节之中，我们提及社会学家、汉学家弗洛拉·博顿在其著作《中国：公元1800年前的中国历史与文化》之中对于明清小说发表的探讨，当中涉及并讨论了明清小说中的女性形象。事实上，在她漫长的研究生涯之中，还常年撰写了一系列关注女性主题尤其是中国女性的书章与论文。早在1977年，她以西班牙语

撰写了《中国的女性》一文，统揽性地向西班牙语世界介绍了中国女性的概况。1988年，她在郑州大学出版社出版的《当代世界女潮与女学》一书之中发表了《墨西哥的女性主义与研究》。1993年，弗洛拉·博顿与罗默·科内霍（Romer Cornejo）合著了《同一屋檐下：中国的传统家庭及其变化》一书。1995年，她发表《家庭与社会变化》一文，刊登在马德里奥尔特加基金会的杂志上。同年，她还撰写了《走向平等的长征：中国的妇女与家庭》一文，收录于西班牙汉学家菲萨克所编的《中国女性》一书中。2003年，她在墨西哥学院出版的杂志《亚非研究》上发表了《传统中国的女人、母性与母爱》一文。2008年，她撰写了《中国的女性与平等：一个仍未实现的目标》，收录于墨西哥学院出版的一本著作之中。在这些论著之中，弗洛拉·博顿以中国的女性为主要的研究对象，从女性主义批评的视角持续地进行了细致的思考。墨西哥学院亚非研究中心是弗洛拉·博顿所供职的机构，其中相当一部分书籍与章节是在墨西哥学院出版的。

汉学家雷林科是格拉纳达大学研究中国古典文学的专家，除了在中国古典文学作品的西译上做出了卓越的贡献，她在文学理论的研究上亦对中国文学展开了深入的思索。在她对文学的探讨之中，不乏从女性角度所进行的阐发。例如，在《中国的书写与女性：从世界的本源到屈从》一文之中，雷林科（Relinque, 2005）从汉字书写发展历史的角度，揭示了中国女性身处的社会地位变化的历程。在《时尚与社会：教育、语言与服饰史》（*Moda y Sociedad: Estudios sobre Educación, Lenguaje e Historia del Vestido*）一书中，她发表了《缠足与被买卖的女人：

"金莲"》一文（Relinque，1998）。此外，她还发表过《另一种针对女性的暴力：割礼》一文（Relinque，2001）。以上这些研究都体现了她在研究之中对于女性的生存境遇与空间的关怀。

萨拉曼卡大学的中国古典文学研究学者特雷莎·特赫达·马丁（Teresa I. Tejeda Martín，2018）发表了《〈红楼梦〉中的女性形象——性别的建立与逾越》一文，对于中国儒家传统下性别意识的构建进行了分析，并且重点剖析了《红楼梦》当中贾宝玉与王熙凤某种意义上各自在其性别上的逾越及其后的结局。西班牙作家与格拉纳达大学比较文学研究学者尤安娜·格鲁亚（Ioana Gruia，2001）发表了《〈红楼梦〉中的女性、诗歌与爱情》一文，当中也涉及并讨论了《红楼梦》的等级秩序与男女性别等级权力关系的问题，她认为其是一个高度结构化的、复杂的封建社会，在文章中她也多次提到了《儒林外史》，她认为，《红楼梦》与《儒林外史》都是对当时清朝社会所广泛宣扬的价值与压制的反抗与叛逆。

马德里自治大学东亚研究系教授达西安娜·菲萨克是西班牙重要的汉学家之一，在她的研究视域之中，女性主义也是一个颇为重要的议题，她围绕着中国女性相关的议题发表了多篇论文。例如：《中国社会中的女性与儒家传统》（Taciana Fisac，1994）、《同一屋檐下：中国的传统家庭及其危机》（Taciana Fisac，1995）、《中国的女性及其发展》（Taciana Fisac，1996）等，在这些文章中她从多个角度对中国的女性及其所身处的社会环境进行了分析。

从以上的一个简要的梳理与回顾之中，我们看到，诸多西班牙语世界的汉学家以及相关学者基于女性这一视角展开了自己的研究与思索。接下来，我们将着重对于这些论著之中的一项具有代表性意义的作品——达西安娜·菲萨克所著的《龙的第二性》一书加以细看。在这一论著当中，达西安娜·菲萨克对明清小说之中的女性人物进行了相当细致的解读与阐释，我们借助这一论著中的讨论也可以探寻到西班牙语世界的汉学家在这一方面开展思索的研究路径，之后，我们将结合中国语境下对明清小说中的女性所展开的研究，将二者进行对比与思考。

二、《龙的第二性》对明清小说中女性形象的阐释

作为译者，达西安娜·菲萨克在1982年就译出了鲁迅的《立论》与《这样的战士》两篇文章，自此她开启了翻译中国文学作品的道路，后来，她又译出了巴金的《家》、钱锺书的《围城》以及铁凝的《没有纽扣的红衬衫》等一系列作品。可以说，在具体的翻译实践上，达西安娜·菲萨克主要是在中国现当代文学的领域耕耘，但事实上，这位汉学家对古典文学也有诸多关注并且在研究之中开展了独特的思考与理论化的讨论，《龙的第二性》正是其中一部具有代表性的论著。

我们在上一节的讨论中提及过，近年来性别研究在西班牙语世界是一个重要的研究视域。《龙的第二性：中国女性、文学与社会》正是一本基于女性主义研究视域开展的关于中国文学的研究论著，并且这一著作在西班牙学界产生了诸多影响。在该论著之中，作者对于女性形象的讨论涉及多个历史时段，在其中作者专

辟章节对于多部明清小说之中所展现的女性形象结合其自身的思考进行了深入的讨论,例如《聊斋志异》《水浒传》《金瓶梅》《红楼梦》《镜花缘》等。接下来,我们将对菲萨克在这本书中有关明清小说的分析做一个大致的回顾与梳理,以此管窥西语世界的女性研究学者对明清小说开展分析的研究进路。

在该书的开篇,达西安娜·菲萨克从多方面介绍了中国古代的女性及其身处的社会环境,作者也对女性在儒家传统之中的地位、中国传统的婚姻礼仪制度、元蒙等少数民族统治时期对于女性的影响等方面进行了讨论。在这一部分,她还探讨了程朱理学对于女性的影响、中国的缠足文化以及社会文化之中对于女性诸如贞洁等特质的要求等。在第二章中,她则分析了儒家传统影响之下的语言传统与性别的关系,重点探讨了在汉语言文化之中所存在的女性符号空间以及汉语之中与女性相关的语言表达与运用等。

第三章是专门围绕诸多明清小说中的女性形象开展的研究。达西安娜·菲萨克分析的第一部明清时期的小说文本是《聊斋志异》。达西安娜·菲萨克认为,《聊斋志异》中出现的所有的女性形象可以做一个总纳性的分类,她指出:"作者蒲松龄在故事的叙述之中呈现了繁多的女性形象,但是,我们同时也发现,尽管出现的女性人物繁多,但书中出现的女性形象主要可以区分为两类刻板而典型的类型:一类是拥有诱人的美丽并且使男人着迷的年轻女人;另一类则是缺乏道德原则的女人,在这类女人的背后往往隐藏着邪恶的灵魂。"紧接着,达西安娜·菲萨克对于《聊斋志异》中一些具体的女性形象进行了分析。例如,她介绍与讨论了《画皮》的主要故事情节以及人物形象,随后,她对于《马介甫》这一篇章之中的女性形象也做出了评论。达西安娜·菲萨克亦引述了《化男》这一篇章之中的故事:

> 苏州木渎镇,有民女夜坐庭中,忽星陨中顶,仆地而死。其父母老而无子,止此女,哀呼急救。移时始苏,笑曰:"我今为男子矣!"验之,果然。其家不以为妖,而窃喜其得丈夫子也。此丁亥间事。

这个故事里,一户人家的女儿忽然由女性变为了男性,但是其家人非但没有受到惊吓,反倒窃喜家中突然得了儿子,由此可见当时的社会环境中重男轻女的思想之严重。

达西安娜·菲萨克认为,中国的儒家思想对蒲松龄的文学创造所造成的影响是甚为深厚的。而且,在蒲松龄的笔下,这一思想不仅是影响了日常世俗生活之中的人物的描绘,甚至还渗透至非世俗世界即幻想世界之中的人物角色的塑造。她借助《罗刹海市》这一篇章对这一点进行了分析。在《罗刹海市》里,有段落写道:"龙宫以女子不往,时掩户泪泣。一日,昼瞑,龙女急入,止之曰:'儿自成家,哭泣何为?'"龙宫与福海分别是故事中龙女的女儿与儿子的名字,每当福海思念母亲之时,便跳回海中回家探望,与此同时,龙宫作为女子却无法随心所欲地回到海中探望母亲。这个故事里的龙宫与福海两个角色都是幻想世界中的人物,但他们也无不遵循了传统儒家社会的习惯与原则。达西安娜·菲萨克敏锐地察觉到,在蒲松龄的笔下,即便是在脱离世俗社会的幻想情境之中,对于女性角色的创造也在很大程度上受到了儒家思想的影响。确然如此,不仅龙宫作为女子需要遵守儒家生活秩序,故事的主人公龙女这一形象也是如此,她既是一个忠心的妻子,也是尽孝的媳妇与充满慈爱的母亲,她是蒲松龄笔下所塑造的贤妻良母的典型。

达西安娜·菲萨克探讨的第二个明清小说文本是《水浒传》。有关《水浒传》中女性形象的书写,达西安娜·菲萨克在分析之中评论道,在这部小说之中,一共出现了42名女性角色,从数量上而言这并不算稀少,而且这些角色各有不同,其中不仅包括有妻子、仆人、妓女、母亲、女儿,甚至还包括了女性的神灵。然而,尽管其中一些女性人物对于推动故事情节的发展起到了关键的作用,但是在她们之中却没有任何一个是小说的主角。故事之中的女性人物基本上都是围绕着男性人物而生存,而这些男性人物包括有腐败的官员、帮派成员以及英雄人物等多种角色。尽管在故事的叙述之中出现了如此之多的女性,但在其中没有个性十分鲜明的女性角色,并往往只局限于与性有关的领域,而且在小说当中女性所呈现出来的形象通常是一个矛盾的二元。一方面,女性是作为柔弱并且需要被照顾的角色出现;另一方面,无论女性居于何种社会地位,她们在很多情况下往往是危险的代名词。在作品之中,一部分女性的身份是良善顺从的妻子或女儿,还有另外一部分女性虽然展现出了巨大的勇气,并且与男性一起并肩战斗,然而她们却渐渐倾向与传统的女性世界区隔开来,且逐渐转为男性化的形象。在故事之中,不仅没有出现对于她们生儿育女的情景的描绘,她们也永远不会作为一个母亲而被细致地进行刻画。

达西安娜·菲萨克分析的下一部作品为《金瓶梅》。在以往，《金瓶梅》之中的女性人物通常被认为是淫乱与堕落形象的原型。达西安娜·菲萨克认为，《金瓶梅》中的女性人物逐渐成为中国文化传统中一类重要的人物原型，并且这一原型在多个世纪以来在文学创作之中一再被复刻再现。这一类原型的基本形象便是：女性往往是首先来挑逗男性的，并且是她们把男性引向了毁灭与死亡。评论之中，达西安娜·菲萨克引用了鲁迅在《中华民国的新堂吉诃德们》一文之中的书写："西班牙人谈恋爱，就天天到女人窗下去唱歌，信旧教，就烧杀异端，一革命，就捣烂教堂，踢出皇帝。然而我们中国的文人学子，不总说女人先来引诱他……"在男权社会之中，女性常被塑造成引诱者的形象，并成为男性失败的托辞。在这一部分达西安娜·菲萨克分析了中国传统社会之中男性具有的权力，并指出社会文化传统与社会等级的区隔是形塑这一类女性人物形象的重要原因。因此，在《金瓶梅》的开端兰陵笑笑生便对所谓的"红颜祸水"这类女性人物做了一个总体的回顾，在这一回顾之中女性的形象往往是某种破坏社会秩序的存在。随后，达西安娜·菲萨克列举了其中的许多例子来例证这一点，亦即，女性作为引诱者招致诸多男性的不幸。

接下来，在对《儒林外史》的分析之中，达西安娜·菲萨克谈到，关于女性人物的书写，《儒林外史》与其他的明清小说具有一个共同的特点，那就是，虽然女性人物不间断地出现在小说之中，但她们却没有一个能够成为主角。在多数情况下，这些女性或是需要被男性照料与保护的对象，或是为了达成自己的目的而不择手段。因此，达西安娜·菲萨克认为，如若仅从对女性形象的描绘这一方面来进行判定，这部作品的突破与创新程度仍然还是不足的。在此，达西安娜·菲萨克引述了《儒林外史》第十一章中蘧公孙招赘鲁府的故事，她认为，虽然作者吴敬梓在这一故事的叙述之中展现出了对男性价值世界的批判，但是，这一做法却并不代表作者对女性有所辩护，因为在作品之中女性仍然被塑造成导致儒生遭受失败与挫折的缘由。

在对《红楼梦》的剖析中，达西安娜·菲萨克认为，《红楼梦》对于女性的形象及命运的描写展现出了一种高度的敏感，《红楼梦》中描述了一个女性的世界，并且作者以一种绝妙的方式将这个世界书写与讲述了出来。曹雪芹从这些面对着传统社会的规则秩序的年轻女性的世界出发，捍卫了女性的个人生存诉求的合法性。然而，达西安娜·菲萨克也指出，尽管如此，在这部小说的书写之中，最终却未能有任何一位女性角色能够严肃地指出与质疑当时时代与社会赋予女性的从属性地位，而仍然是需要借助一个男性人物之口来表达对于她们的尊重与同情以及为她们进行辩护。实际上，小说中那个标志着与父权社会真正决裂的人物形象主要集中于宝玉一人身上。但是，最终宝玉所遭遇的不幸也正是源自他与传统父权社会的决裂以及他与周边女性的关系。因此，达西安娜·菲萨克认为，如果仅仅是因为宝玉为女性的生存诉求进行辩护这一点便认定《红楼梦》采取了一种反抗父权社会的女性主义创作视角，可能是一个过于草率的判断。面对一个拒斥个体的独立自主而重视地位权势的社会，《红楼梦》确实肯定且捍卫了作为个体的人的存在，然而，这一对于个体性的辩护又与整部作品中对命运的预言构成了激烈的冲突。我们看到，相较之于其他的作品，达西安娜·菲萨克基于女性主义视角对《红楼梦》的考察与讨论是表达了诸多认可的，她在最后也充分地肯定道，《红楼梦》所展现的丰富与优雅使得这一作品对后续许多中国作家产生了深远的影响。

在《龙的第二性》这部书作之中，达西安娜·菲萨克所分析的最后一部中国明清时期的古典小说作品是《镜花缘》。关于选择讨论这一部作品的原因，她指出，除了作品文学层面的价值之外，还有另外的一个原因，那便是，这部作品通常被学界认为是一部赞扬女性品质与女性社会政治平等权利的作品，但是，达西安娜·菲萨克认为，轻易地作出这一判定或许也是武断的。她认为，在某些具体语境之下这部作品的一些篇章片段仍然是歌颂了一些男权社会的传统价值，诸如女性的贞操、顺从与从属地位，等等。因此，如若仅仅是基于该作品在虚构的世界之中女性可以参加科举考试做官并能够让一些男性臣服这一点，便来认定作品是女性主义的创作，未免也是一个过于简单而武断的判断。

三、跨文化的女性主义批评阐释之对比：阐释边界的开放与多元

女性主义文学批评是 20 世纪西方文学研究发生文化转向的标志之一，在本节的论述之中，我们看到，西班牙语世界的诸多学者从女性研究的视角对明清小说及其相应的社会背景之中的女性开展了丰富的讨论，而《龙的第二性：中国女性、文学与社会》

正是其中具有代表意义的论著。该书出版之后不久,欧美学界有多个刊物上发表了与这一论著相关的书评,例如,弗洛拉·博顿(Botton,1998)在《中国国际评论》(*China Review International*)与《亚非研究》(*Estudios de Asia y África*)上发表了书评,以及罗默·科纳霍(Romer Cornerjo,1997)在《中国季刊》(*The China Quarterly*)上也对该书发表了书评。正如该作的简介之中写到的那样:"达西安娜·菲萨克把女性作为讨论与关注的主角,展现了这一不断推进发展的激动人心的旅程。在这一研究之中,她剖析了从古至今的中国女性在中国社会和文化中的地位,研究了她们在文学之中的形象以及女性作为作家的作品,从而厘清了理解中国女权主义与父权制斗争的轨迹所必需的关键。《龙的第二性》一书是西班牙汉学界在这一主题下的第一部论著,它揭示了中国文明中关于女性的古老且迷人的现实,并且对女性研究与中国文学研究做出了根本性的贡献。"我们注意到,达西安娜·菲萨克的这一论著对于女性主义的探讨,也进入了西班牙学界对于女性主义的主流的学术讨论,列于系列图书"女性研究系列"(*Colección Mujeres*)之中。

基于女性主义批评的视角,达西安娜·菲萨克对于明清时期的小说开展了极具批判性的分析。或许有学者会指出,从某一固定视角对文学进行研究考察会导致的一项风险在于这一视角可能无法总纳作品全部的复杂因素。不过,这并不意味着达西安娜·菲萨克对于作品及其所属社会与文化的复杂性有所忽视。对于中国文明,她本人曾经直接地评论道:"在短短的几年内,中国已经从一个包裹在某种异国情调的光环中的神秘而遥远的国家，变成了一个以实用主义和快速经济发展为主要特征的地方，并且成为世界关注的中心。但是，在三千多年的文明中，中国文明的现实其实是极为复杂的。"（Taciana Fisac，1997）

事实上，在中国学界的研究视野之中，明清小说之中的女性形象也是一个被众多学者讨论与关注的重点。有趣的是，在二者之间，也就是西班牙语世界学界以及中国学界对于明清小说中女性形象的讨论方面，两者在某种程度上也呈现出了一些差异。

例如，在《江南女教与明清世情小说女性书写》一文中，作者冯保善（2020）写道："没有明代中后期以降女性内涵及地位的变化，小说题材内容的嬗变乃至于世情小说的产生，都将成为无源之水、无本之木。"作者认为，女性地位的变化与提升是世情小说产生的不可或缺的因素。《从明清小说来探讨对女性关注度的提高》（王存静，2011）以及《从明清小说中的女性来浅析女性意识的觉醒》（刘淼，2016）等文中的讨论，也是较为乐观地基于明清小说判定中国女性的地位大有提升。在硕士论文《明代小说中的女性与科举研究》中，作者认为诸多的女性才智过人，对举子的科举前程产生了重要的影响，作者认为这是一种凸显女性才能的文学主题。（李响，2018）在《明清英雄传奇小说中的女性形象总括》一文中，作者在结论中把女性形象分为了三类：贤良淑德的传统女性、自主意识初步觉醒的女英雄和违背仁义道德的坏女人这三种女性形象（高梅媛，2014）。

从这些研究之中，我们可以看到，在中国学界开展的诸多对于女性形象以及女性地位的考察以及论述都保持较为乐观的态度。不过，尽管绝大部分研究的论调都较为温和，在《明清小说与中国文化》一书中，明清小说研究学者吴圣昔先生却明确地认为，明清小说中大量的女性仍沉浸在香昏欲睡的沉闷氛围中，而且明清小说文本之中对于旧女德的宣扬仍然是其刻画女性形象的主导思想。吴圣昔先生的这一认识是更加符合实际的，他并不以少数作品中逆流而行的女性作为确立明清小说中女性生存状况的依据，而是把讨论背景放置在绝大多数作品中女性的形象上。

面对明清小说，西班牙学者所开展的女性主义批评所抱持的是一种更为批判的视角，而回看中国的相关研究，以及在中国的语境之中对于明清小说的女性形象的阐释与解读，绝大多数的论调则相对更为温和，采取的是一种相对乐观的态度。这当中的不同牵涉学者本身的研究身份及所处的研究立场。两国学者对于女性形象开展研究的参照对象各有不同，中国的诸多学者在研究之中参照的是明清之前的女性形象，与此同时，西班牙语世界的多位研究学者对于明清小说之中女性形象的考察，所参照的则可能是本国的情况，西方是女权运动与女性主义批评的发源地，其批判显得更为彻底与激烈。此外，从另一个国别与文化语境出发，或许也能够使研究者抱持一种更为彻底的批判视角。

我们深知，开展女性主义的批评在当前仍是极为重要的，它有助于动摇男权中心的文化现实。不过也有必要补充与指出的是，作品的创作有其自身存在的语境，写作并非是按照设定的轨迹而展开。由于文学的丰富性与复杂性，作品具有广阔的阐释空间，在性别的视角之外，还有诸多不能为性别所涵盖的诠释空间。此外，女性主义理论的继续建设与性别理论的更新也必然将会推动研究的进一步开展。

　　某种特定的研究视域乃是提供了一种视角，正犹如透视作品的棱镜。无论如何，任何一种诠释都必然涉及理解本身的问题。事实上，在任何与文本遭遇的过程之中都裹挟着诠释学的问题，在国族文学传播至世界成为世界文学的过程之中所发生的阐释则更然是如此。经典的作品往往具备丰富且开阔的阐释空间，而其阐释边界亦保持敞开；而阐释边界的开放，使得文本在不同的时代具有不同的阐释意义。也正是因为如此，针对经典才产生了多元的研究与阐释视域。我们在下一节之中，便将会借助博尔赫斯对于明清小说的阐释与理解，对明清小说的域外传播所蕴含的诠释学问题作进一步的讨论。

第三节　"幻想的炼金术师"——博尔赫斯对明清小说的他者想象与视域融合

　　明清小说作为"他者"闯入了博尔赫斯的视野，面向这一"他者"，博尔赫斯则以世界主义者的姿态接受这一存在。在视域融合之中，博尔赫斯对于明清小说持有自身的阐释，如若从诠释学的视域下来考察，这一阐释是完全具备其合法性的，在这一阐释过程之中，小说文本本身与博尔赫斯的"幻想文学理念"之间发生了创造性的诠释与互动。再进一步而言，在博尔赫斯的创作之中，与明清小说亦有融汇贯通之处。

一、遭遇"他者"

　　生于阿根廷的博尔赫斯从未有机会亲自踏足中国。从地理上看，中国与阿根廷分处于南、北两个半球与亚洲、美洲两片大陆，中国所处的位置穿过地心抵达的地球的另一端便是阿根廷。但是，物理距离上的难以企及并未削弱博尔赫斯对于中国的亲近与想象。1981年，在他位于布宜诺斯艾利斯的家中，博尔赫斯曾经说道："我对许多人说过，我做梦也想去中国。"（榕，1983：307）1983年，他再次提到："实话告诉你们，不去访问中国，不去访问印度，我是死不瞑目的。"在他的作品之中，博尔赫斯更是提及中国多达三十七次。博尔赫斯的母亲莱昂诺尔·阿塞多（Leonor Acevedo Suárez）也曾谈论起博尔赫斯对于中国的兴趣："热心于埃及的东西，读有关埃及的书籍——直到最后一心扑在中国文学上，他有许多这方面的书。总之，他喜欢一切神秘的东西。"在博氏去世后，他的遗孀玛丽亚·儿玉（María Kodama）在接受记者访问时，也曾提及博尔赫斯生前对于中国的向往："他想去印度和中国，他对这两个国家缺少直接的了解；尤其是他还曾经阅读过许许多多中国文学作品及道教相关的书籍。"（马笑泉，2016：136）

　　基于上述诸多直接或者间接的表述，我们可以看出，对于博尔赫斯而言，中国已经逐渐汇聚成一个难以忘却的语汇，让他充满了想象与向往。而且，中国不仅仅只是一个博尔赫斯多次提及的地方，透过他对于中国的阅读、理解与阐发，在时间的累积之中，中国的形象实际上已然建构为他的思维中一个极为重要的"他者"存在。

事实上，在博尔赫斯的审美性阅读与写作之中，"他者"占据了极为重要的位置。为了厘清我们在这里论及的"他者"这一概念，我们无可回避地需要回到后现代主义代表学者伊曼纽尔·列维纳斯（Emmanuel Levinas）那里。在列维纳斯哲学体系建构之中，"他者"是一个极其重要的概念。在他的言说之中，自我真正剥离于其他一切非自我，并且从一开始就不可避免地与"他者"相关联。他提到："这个无限的他者是彻底的外在，不能被任何本体论、认识论整合到同一性中，是不可被还原为自我的陌生者。"列维纳斯从"面对面"（face-à-face）的伦理关系上肯定了他人绝对的"他异性"（altérité）和"外在性"（extériorité），以及相对于"我"的至高无上的优先地位。（张浩军，2015：22）倘若说萨特的存在主义是将"他者"视为地狱，在列维纳斯这里，情况则相反，"他者"并非是与自我全然对立的存在，"他者"是必经之路。用通俗的方式来表述，也就是说，人必须有一个"他者"，因为只有在设立"他者"的时候，人才会开启对于自我的反思。

在列维纳斯这里，他者是抵达自我的必经之路，有趣的是，伽达默尔同样也论述过，只有在陌生性的刺激下，才可以重新发现我们自身，他指出："在异己的东西里认识自身，在异己的东西里感到是在自己的家，这就是精神的本质运动，这种精神的存在只是从他物出发向自己本身的返回。"（伽达默尔，2007）此处的"他者"所处的地位不仅不低于自身，恰恰相反，它还是对抗自我中心的。与之相反的，对于同一性的竭力追求，则往往建构了另一种暴力。

在笔者看来，这种在我们上述的"他者"预设之下来看待异语言空间与审美性书写的立场，恰恰是博尔赫斯所采取的姿态。从博尔赫斯作为作家与评论家的诸多言说中来考察，我们可以看到，博尔赫斯对其他多种异质语际空间的语言与文化保有一种颇为珍贵的热情。在他的阅读与写作之中，不难发现其中所蕴涵的广博存在与所涉的丰富性。精通多门语言的博尔赫斯阅读涉猎相当之广泛，他喜欢的作家可以列出一列长长的清单，诸如其推崇的爱伦·坡、惠特曼、但丁，或是其热爱的叔本华、庄子，以及对中国文化饱含热爱的卡夫卡、卡莱尔、莱布尼兹、庞德、歌德、荣格等，此外还有叶芝、马拉美、休谟，等等。另一方面来说，博尔赫斯的文学与讨论中所涉及的主题亦是极为丰富的，例如阿拉伯与波斯的古典主义、远东与印度的古典主义、加乌乔诗歌、北欧传说等，又或许是神秘主义的与玄学的沉思。而且，这种广博的存在并非只是空间意义上，同样也包含时间意义上的，这表现为对于过去的、现在的与未来的时间的思索，以及对于当代事物与过去事物的关切。可以说文学上的"他者"，给予了博尔赫斯滋养，与之一并到来的，还有哲学与世界观的冲击与融汇。

这一"他者"的预设，与博尔赫斯世界主义的立场是颇为契合的，因为世界主义所强调的正是自我与他者的共存性。世界主义，一方面与普遍主义（universalism）类似，致力于建立普遍适用于世界的规范；另一方面，则是在思维、共同生活与行为之中承认他者的存在与他性，并视其为最高准则。（蔡拓，2018）关于博尔赫斯对世界主义的秉持，美国学者威利斯·巴恩斯通（2014）所整理的《博尔赫斯谈话录》曾有记载博尔赫斯所言：

> 我不信奉国家。国家是一个错误，是一种迷信。我想世界应当是一个整体，正如斯多葛主义者认为的那样。"我们应当是世界主义者，世界的公民。"我理想中的文学家都应该是世界主义者，而非民族主义者。何谓"世界"，它并不局限于地球，而包括一切的时间（"世"）和空间（"界"）。

博尔赫斯在其撰写的《阿根廷的文学与传统》中讨论阿根廷的文学创作时曾经言说道："我还想指出一个矛盾，民族主义者貌似尊重阿根廷头脑的能力，但要把这种头脑的诗歌创作限制在一些贫乏的地方题材之内，仿佛我们阿根廷人只会谈郊区、庄园，不会谈宇宙……我要重说我们不应该害怕，我们应该把宇宙看作我们的遗产；任何题材都可以尝试，不能因为自己是阿根廷人而囿于阿根廷特色……"（博尔赫斯，1992）很明显，博尔赫斯对民族主义式的创作立场是拒斥的，而且，就他个人而言，他对于异域的审美性书写与艺术抱有极为饱满的热情，而这些异域空间的文化似乎能在更大程度上激发秉持世界主义的他的思考与兴趣。值得提及的是，博尔赫斯推崇的歌德在文学的主张上同样也秉持着世界主义的立场，歌德（Johann Wolfgang von Goethe）曾经为世界文学（Weltliteratur）的推进振臂高呼，并且把世界文学作为民族文学发展所祈向的一个目标。

那么,作为"他者"的存在,明清小说是如何介入了博尔赫斯的视野?我们知道,博尔赫斯并不通晓中文,在前文中我们也曾提及过,他对中国文学作品的接近与探寻实际上最初是源自用英语与德语阅读其他学者的论述而来的。这里必须再次提及的一部作品就是英国汉学家赫伯特·艾伦·翟理斯(Herbert Allen Giles)的《中国文学史》,就是这一部作品开启了博尔赫斯对于包括明清小说在内的中国文学作品的阅读,并且激发了博尔赫斯对中国的向往。这部《中国文学史》是迄今所知最早的英文版的中国文学史,是一部具有里程碑意义的著作,翟理斯在该书的初版序言中曾经提到:这部书代表了一个新的努力方向,过去的英国读者如果想要了解中国的整体文学(the general literature of China),即便是浅显的了解,都无法在任何一部书中得到。(郑振铎,1922)

《中国文学史》对中国古典小说与戏曲做了大量的介绍,其中第七卷与第八卷集中对中国明清时期的文学进行了介绍,当中主要包括小说与戏剧,涵括了明代《金瓶梅》《玉娇梨》《(东周)列国志》《镜花缘》《平山冷燕》《二度梅》等。在清代小说方面,则重点聚焦《聊斋志异》《红楼梦》等作品。这部文学史对《红楼梦》的介绍甚为详尽,长达 28 页,这一篇幅大约已经与此书其余章节之中对于儒家经典的介绍相当。书中盛赞《红楼梦》为中国小说的顶峰,并评述该作品"在情节完整方面可与菲尔丁的小说媲美,在人物塑造方面令人想起西方最伟大的小说家的最优秀作品"。值得注意的是,在此之前,19 世纪一些西方汉学家对于《红楼梦》的艺术性的评价并不高，例如郭士立（Karl Gutzlaff）、爱德尔（E. J. Eitel）、波乃依（J. Dyer Ball）等。

博尔赫斯在其自述与演讲之中曾多次提及其对于翟氏《中国文学史》的阅读经验，与此同时，《红楼梦》也成为博尔赫斯魂牵梦绕的一部作品。据考证，博尔赫斯对《红楼梦》的阅读，主要来自王际真的英译本《红楼梦》（1929）以及弗兰茨·库恩的德译本《红楼梦》（1932）。正如博尔赫斯于1980年3月在美国印第安纳大学进行的一次谈话中所言："我当然知道我永远也搞不懂中文，但是我要不断地阅读翻译作品。我读过《红楼梦》，读的是英文和德文两种译本，但是我知道还有一种更加完备，也许是最忠实于原文的法文译本。我可以告诉你，《红楼梦》这部书就像它的书名一样好。"他所指的法文本，据学者考证为李治华的译本。博尔赫斯还阅读了翟理斯所译出的《聊斋志异选》（1880年），这一译本中，翟理斯从原著的489篇之中选取了164篇，包括《考城隍》《瞳人语》《陆判》与《崂山道士》等多个篇目。博尔赫斯还阅读了库恩的德译本《水浒传》（1934年），其书名为 Die Räuber Vom Liang Schan Moor（《梁山泊的强盗》），该译作由莱比锡岛社出版。

正是经由这些翻译作品，中国文学艺术适时地以多种方式与博尔赫斯遭遇，为之带来了一种全然新鲜、陌生而令其向往的世界。博尔赫斯曾在其主编的阿根廷《南方》杂志翻译发表了法国诗人亨利·米修（Henri Michaux）的《野蛮人在中国》（Un barbare en Chine），值得注意的是，米修正是以其独特的视角来书写亚洲乃至中国，传达了对于东方文化的仰慕。他写道："在中国与印度，我找到了心灵的故乡。"博尔赫斯翻译这一文章时或许心有戚戚，因为中国与印度给予了他同样的感触。

回到我们讨论的"他者"，列维纳斯所建立的正是一种与"自我中心主义"相对立的"异质性"的"他者"理论。倘若未把"他者"的存在纳入考虑的范围，那么，对于世界的认知便会不可遏制地导向"同一性"。然而，"同一性"所隐含的危机在于，同一性会制造自我中心。在博尔赫斯这里，他正是规避了这种自我中心的产生。正如博尔赫斯对许多其他的作家采取的态度一样，包括明清小说的中国古典文学作为"他者"介入了博尔赫斯的视野，作为一种"异"的存在，激发了他的憧憬与想象。在这里，他所寻求的是"异"，而不是"同"，这里的"他者"，也不再是西方中心主义的"他者"。

恰如博尔赫斯在《书籍保管人》与《漆手杖》中的书写所示，他并非是基于同时代一些别的作家的欧洲中心主义的立场来检视中国，相反，他的表述是去中心化的。墨西哥作家奥克塔维奥·帕斯（Octavio Paz, 2000）指出，"他的作品表达了一种自拉丁美洲诞生那一刻开始就已隐含在拉丁美洲身上的世界性"。他亦提到，博尔赫斯的写作之中原本便蕴涵了多重的主题，"时间与永恒，同一与多元，自我与他者"，这些也是形而上学的基本问题。

这里，我们不禁抵达这样一层思索，那便是，唯有承认他异性（alterity）的存在，才有可能避免同一性的暴力，并以开放的姿态遭遇他者。与此同时，他异性往往会激发对于自身更深层的认识。博尔赫斯通过阅读逐步接近中国的过程之中，事实上也是遭遇了文化上的又一个"他者",而此后这一"他者"无疑在他的精神世界之中占据了一席之地。与此同时,我们有必要进一步思考的是,这种对于"他者"的观看与塑造,是否会因距离的折射与现实产生一定的偏差,这恰好是我们接下来要探讨的一个问题。如果对博尔赫斯所作的评论进行思考,将会发现,博尔赫斯对于明清时期中国小说的理解过程之中,恰恰呈现的便是他的阐释过程与这一对于艺术的阐释过程中所蕴含的"游戏"。

二、阐释的游戏

博尔赫斯精通西班牙语、英语、德语、法语、拉丁语等多门语言,并且钻研过古英语与冰岛语。虽然他并不通晓汉语,但是,他仍然借助其他语言(主要是英语、德语)阅读了明清时期的诸多小说,并且发表了多篇相关的文学评论。从这些评论以及博尔赫斯在其他场合的言说之中,我们可以看出,博尔赫斯对于明清小说当中的不少作品皆秉持了自己的一套诠释。其中,与《红楼梦》密切相关的有《曹雪芹〈红楼梦〉》一文,我们将全文引用如下:

曹雪芹《红楼梦》

博尔赫斯

初刊于 1937 年 11 月 19 日《家庭》杂志

1645 年——克韦多去世的同一年,泱泱中国已被满族人征服,征服者是些文盲和骑马的人。于是发生了在这类灾难中无情地发生的事：粗野的征服者看上了失败者的文化并发扬光大了文学和艺术，出现了许多今天已是经典的书。其中有一部杰出的小说，他由弗兰茨·库恩博士译成了德文。这部小说一定会使我们感兴趣的；这是优于我们近三千年的文学中最有名的一部小说的第一个西方文学版本（其他都是缩写本）。

Der Traum der Roten Kammer，1948

Franz Kuhn 翻译

第一章叙述一块来自天上的石头的故事，这块石头原是用来补天穹的漏洞的，但是这件事没有做成。

第二章叙述主人公出生时在舌头下含着一块玉。

第三章向我们介绍主人公"面若中秋之月，色如春晓之花，鬓若刀裁，眉如墨画，睛若秋波，虽怒时而似笑"。然后，小说稍不负责或平淡无奇的向前发展，对次要人物的活动，我们弄不清楚谁是谁。我们好像在一幢具有许多院子的房子里迷了路。

第五章，出乎意料，这是魔幻的一章。

第六章，"初试云雨情"。这些章节使我们确信见到了一位伟大作家。

第十章（原文如此，中文原文应为第十二回）又证明了这一点，该章绝不逊于爱伦·坡或弗兰茨·卡夫卡：贾瑞误照风月镜。

全书充斥绝望的肉欲。主题是一个人的堕落和最后以皈依神秘来赎罪。梦境很多，更显精彩，因为作者没有告诉我们这是在做梦,而且直到做梦人醒来,我们都认为它们是现实(陀思妥耶夫斯基在《罪与罚》的最后使用过一次,或连续两次使用过这个手法)。有大量的幻想:中国文学不了解"幻想文学",因为所有的文学,在一定的时间内,都是幻想的。

评论的篇幅不长,但确实有值得琢磨之处。《红楼梦》的第五回为贾宝玉神游太虚幻境的情节,在对这一回的评论中,博尔赫斯写道:"出乎意料,这是魔幻的一章。"有趣的是,很少有人倾向采用"魔幻"一词来描绘与形容《红楼梦》这一部作品。博尔赫斯并非是拾人牙慧地照搬前人对于这部作品的判断,而是如实地表述了他的直观感受——在他的观念之中,这部作品确有令其深感魔幻之处。

我们知道,博尔赫斯对于"梦境"这一个意象极为着迷,在他的短篇小说与诗歌之中,梦是一个反复多次出现的场景与意象,因为梦构筑了在真实与虚拟之间穿梭与通汇的最佳工具。例如,在他创作的《双梦记》《神的文字》《等待》等诸多作品之中,梦都是当中极其重要的一个元素,不管是对于推动情节还是表达其写作意涵都起到了重要的作用。而且,在博尔赫斯对中国文化的研读中,《庄子·齐物论》中庄周梦蝶的情境也成为他挥之不去的一项形而上的哲学思索。从他的评论中我们可以看出,"梦境"成为博尔赫斯认为《红楼梦》富含幻想的一项重要例证。在梦境之外,他认为《红楼梦》中亦有大量的幻想,对于宁荣二府,他还提到"我们好像在一幢具有许多院子的房子里迷了路"。

这则让我们想到了另一在博氏作品中所最为常见的意象，那便是迷宫。迷宫恰好也是博尔赫斯虚构幻想的重要意象，因为它寓示着世界的复杂性、不可知性及其带来的困惑不安之感。

可以说，在对《红楼梦》的阅读之中，博尔赫斯看到了作品极为幻想的一面。很显然，博尔赫斯被这种幻想打动了，并选取《红楼梦》中《贾宝玉梦游太虚幻境》与《风月宝鉴》两节，译成西班牙语，收录在其珍视的与他的挚友比奥伊（Adolfo Bioy Casares，1914—1999）合编的《幻想文学集》之中。从他将《红楼梦》特地选取两节收录于这本幻想文学集的举动可以看出，博尔赫斯心目中，《红楼梦》是一部充满幻想的作品。他更是将《风月宝鉴》一章与爱伦·坡以及卡夫卡作比。值得一提的是，卡夫卡同样是中国文学的热衷者。

不单是《红楼梦》，许多明清小说对于博尔赫斯而言都是极富幻想的，在《幻想文学集》的序言里，比奥伊与博尔赫斯（1940：6）写道：

> 如同恐惧一样古老，幻想小说先于人类的文字诞生。或许最早掌握这类文学的就是中国人。令人尊崇的《红楼梦》、情色的《金瓶梅》、现实主义的《水浒传》，以及哲学的书籍，都极其富于幻想与梦境。

对于博尔赫斯针对明清小说所作出的这些评论，学界不乏有人批判其认识与呈现的并非是真正的中国文学，甚至冠以后殖民主义来指责其对于诸多中国作品所阐发的诠释与其所创造的中国形象。但是，笔者认为这种指责是不恰当的，恰恰相反，如若从诠释学的视域来对博尔赫斯对明清小说的阐释进行剖析，博尔赫斯的解读非但无须承担以上的批判，而且完全具备其合法性。

在《真理与方法》之中，伽达默尔对艺术的本质进行了讨论，他指出："艺术作品的本质存在是什么？我们可以回答说，这种本质只在于被再现的过程，只在于艺术作品的再现活动中，显然在其中得以再现的东西乃是它自身的本质存在。"文学文本无疑是一种艺术作品的呈现形式，正如伽达默尔所说，文学作品的本质也在于其被再现的过程，也就是说，在于其被阅读的过程之中。这一看法与达姆罗什对于世界文学的看法多有相通之处，因为达姆罗什恰好也认为，世界文学是一种阅读方式，也就是说，只有在被阅读的过程之中，国族文学才得以成为世界文学。在文学作品这里，也只有借助阅读才得以成为文本。

正如诠释学研究学者洪汉鼎（2015）所论说的，"文本并非语言学上所谓传达作者意义的完成了的作品，而是不断要诠释和解读的未完成品或中间产品，经典并非属于过去时代的意义固定的卓越作品"，相反，文本"是其意义需要未来不断阐明的历史性和规范性统一的构成物，而诠释也不是一般科学所谓知识论的客观或中立解释，而是主体不断与文本周旋的经验和实践的参与"。

诠释学视域下的思考将文本的意义，从与假定的固定化意义的周旋之中解脱出来。伽达默尔指出了文本的两层性质：第一是其原典性与原创性，即文本必须是一直为人们奉为真理的经典；第二是其开放性和发展性，也就是说，文本必须是经过长期不断的实践（即理解与解释）的著作。如果离开了解释，文本不成其为文本，而人类文化的续存和发展也将中断。他进而提出了艺术作品的"游戏"理论，在他的言说之中，艺术作品的本质就是原作与阅读者的一种游戏。游戏是一个封闭的世界，然而同时又具备其敞开性。也就是说，文本同时具有封闭性与敞开性。文本的意义除了由作者赋予，还有读者的参与。艺术作品与它的观看者（阅读者）之间，生成了一种密切的互动关系，或者说，发生了视域融合。读者的阅读过程亦是一个自我发现的过程，那么，诠释的途径便不具备唯一性，多种诠释也具备了其充足的合法性。

当博尔赫斯通过阅读而对《红楼梦》等明清小说发生理解的时候，他与明清小说之间也生成了一种密切的互动关系。沿着这一进路继续思考，为什么在博尔赫斯眼中与中国的文化艺术所紧密相连的关键词是"神秘"与"幻想"而非其他呢？事实上，在博尔赫斯阅读与理解明清小说的过程之中，毋庸置疑发生了理解的"游戏"以及视域的融合。也正如伽达默尔（2007）所言，诠释学的优越性在于它能把陌生的东西变成熟悉的东西，它并非只是批判地消除或者非批判地复制陌生的东西，而是用自己的概念把陌生的东西置于自己的视域中并使它重新起作用。正如翻译会让他者的真理相对于自身而得到保存，从而使陌生的因素和自身的因素在一种新的形态中相互交流。可以说，正是在诠释的过程之中，博尔赫斯把小说文本中陌生的因素与其自身的因素得以汇通，因此，我们也便不难理解为何博尔赫斯看到了作品中极富幻想的一面，而这也不应该简单地冠以过度诠释之名。

除了对《红楼梦》专门撰写过评论，博尔赫斯亦发表过两篇关于《水浒传》与《聊斋志异》的评论，分别为《施耐庵〈梁山泊好汉〉》与《〈聊斋〉序》。博尔赫斯对《水浒传》最初的认知来源于翟理斯，他曾经提到，"翟理斯所写的、流传极广的《中国文学史》用一页的篇幅写这件事"。然而，库恩的德译本《水浒传》使得他真正接近这部小说。在阅读之后博尔赫斯提出了自己的一项独创的见解：《水浒传》是中国的"流浪汉小说"（novela picaresca）并"在有些方面超越了它们"，并且，他评价这一部中国小说"对超自然的和魔幻方面的描写能令人信服"。将《聊斋志异》与《一千零一夜》作比，同样也是博尔赫斯的创见，他说道：

> 这是梦幻的王国，或者更确切地说，是梦魇的画廊和迷宫。死者复活；拜访我们的陌生人顷刻间变成一只老虎；颇为可爱的姑娘竟是一张青面魔鬼的画皮。一架梯子在天空消失，另一架在井中沉没，因为那里是刽子手、可恶的法官以及师爷们的居室。……使人依稀看到一个世界上最古老的文化，同时也看到一种与荒诞的虚构的异乎寻常的接近。

在博尔赫斯的眼中，《聊斋志异》无疑也是一部极具幻想色彩的文学作品。

回到诠释学的思考上来，正如海德格尔（2001：120）所言："把某某东西作为某某东西加以解释，这在本质上是通过先有、先见和先把握来起作用的。解释从来不是对先行给定的东西所作的无前提的把握。"任何理解和解释都依赖于理解者或解释者的前理解。伽达默尔（2007）也写道："所谓理解某一文本总是指，把这一文本运用到我们身上。"并且，"所谓解释正在于：让我们自己的前概念发生作用，从而使文本的意思真正为我们表述出来"。按照伽达默尔的观点，任何文本的理解和解释都是一种过去与现在的中介，陌生性与熟悉性的中介。（洪汉鼎，2015）这也正如他所说的"文本表述了一件事情，但文本之所以能表述一件事情，归根到底是解释者的功劳。文本和解释者双方对此都出了一份力量"。所以，我们不能把文本所具有的意义等同于一种一成不变的固定的观点，这种观点向企图理解的人只提出这样一个问题，即对方怎么能持有这样一种荒唐的意见。也正因为如此，在我们看来，博尔赫斯基于其自身视角而开展的解读事实上完全具备其合法性。

诠释一词的德文为"hermeneutik"，英文为"hermeneutics"，二者皆是从希腊语演化而来。历经时间，诠释学早已发展成为哲学领域令人瞩目的哲学思潮，并且有多位学者推动了诠释学的深入发展与多次转向。前有施赖尔马赫（Friedrich Daniel Ernst Schleiermacher）、狄尔泰（Wilhelm Dilthey）在普遍诠释学的发展以及马丁·路德（Martin Luther）在神学诠释学的推进，后有利科（Paul Ricoeur）、罗兰·巴特（Roland Barthes）等在文学诠释学领域有所建树，也有海德格尔、伽达默尔的存在论诠释学的探讨。我们在这里无意在哲学领域深入地推进对于诠释学的探讨。我们将视点放置于这一理论视域，是因为它与我们当前所讨论的国族文学世界化的问题存在着密切的关联。当"国族文学"跨越国境的制约成为"世界文学"之时，必然在异质的文化空间之中遭遇新的读者，这其中也无可避免地会形成诠释的问题。同样，明清小说在跨越中国的国境而抵达西班牙语语际空间的过程之中，也必然发生且将不断发生诠释的问题。

在 2018 年于复旦大学中文系所举办的诠释学工作坊的闭幕致辞之中，西班牙的诠释学研究学者苏尔塔娜·瓦侬教授（Sultana Wahnón）指出："尽管东西方之间相距遥远，但是以文字记载的书写形式的发明却几乎同时在两个文明之中出现。从那时起，就产生了对书写进行解释的需求，这样一种自发的解释需求也便是柏拉图所称的'书写的沉默'。"与此同时，面对这种"书写的沉默"，她认为解释是一种辩证的回应，她说："因为书写不会说话，我们便不断地对它进行创造与再创造，使它可以说话。这也带来了利科所说的理解的多重性。这种多重性并非是消极的东西，相反，它使得文字死而复生。"我们可以说，也正是在每一次理解发生的过程之中，明清时期诞生的小说文本再一次获得了生命。

在最后依然值得补充的一点是，尽管诠释如此重要，但是诠释也并非完全没有风险。苏尔塔娜·瓦侬（2018）指出，正如柏拉图提醒的那样，诠释之中蕴含的某种风险在于文本不知道它将去往何处，因而它有可能会被与之完全无关的人不公平地对待。苏尔塔娜·瓦侬（2018）对于诠释之中所蕴含的张力作了精彩的说明，她作出了一个贴切的比喻："文本就像是一个孤儿，它的父母无法在那里保护它，因而解释便成为了一种使它避免受到虐待的方式。文本一方面是沉默的、寂静的。因为它是沉默的，所以我们需要让它说话。与此同时，它又是脆弱的，所以我们需要小心翼翼地对待它，不强迫它与虐待它。在这种解释的自由以及文本受到尊重的辩证关系与张力中，就蕴藏着诠释书写的任务。"

总而言之，在这种诠释的自由以及对文本的尊重之间，诠释书写的任务便自然地发生了，而我们在本节之中所讨论的博尔赫斯正是明清小说世界化的过程之中这样一位重要的诠释者。

三、博尔赫斯的创作与明清小说的汇通之处

博尔赫斯对于中国明清小说的诠释，不仅只是体现在他对这些小说文本的阅读与理解之中。实际上，当我们结合博氏的个人文学创作文本加以剖析，亦可在他的创作手法之中寻得其与明清小说之间的诸多汇通的痕迹。

第一，在博尔赫斯的作品之中，转述是一种极为常见的写作手法。伊塔诺·卡尔维诺（Italo Calvino，2001：362）于《美国讲稿》之中曾经提到："我们知道文学体裁近期最大的发明，是由短篇小说大师博尔赫斯完成的，他的这一发明实际上是他发现了自己的叙述才能所致。他四十多岁时才由写评论转向写小说，用一种看起来很难，实际上很容易的写作手法，克服了曾经限制他写作的障碍。博尔赫斯的发明在于，设想他要写的小说已由别人写好了。这个虚拟的作家操着另一种语言，属于另一种文化。而博尔赫斯的任务则是描写、复述、评论这本假想的著作。"卡尔维诺在此点出的博尔赫斯的这一写作手法，正是转述。例如，在小说《永生》的开篇，博尔赫斯写道：

1929年6月上旬，土耳其伊兹密尔港的古董商约瑟夫·卡塔菲勒斯在伦敦给卢辛其公主看看蒲柏翻译的《伊利亚特》小四开六卷本（1715—1720）。公主买了下来；接书时，同他交谈了几句。据说他是个干瘦憔悴的人，灰胡子，灰眼睛，面部线条特别模糊。他流利自如地说几种语言；说法语时很快会转成英语，又转成叫人捉摸不透的萨洛尼卡的西班牙语和澳门的葡萄牙语。10月份，公主听宙斯号轮船的一个乘客说，卡塔菲勒斯回伊兹密尔途中身死，葬在伊俄斯岛。《伊利亚特》最后一卷里发现了这份手稿。

原稿是用英文写的，夹有不少拉丁词语。现转载如下，文字没有任何变动。

在小说开篇博尔赫斯便点明接下来叙述的故事是来自他人的转述，而且故事的来源记载得十分详尽。恰是这种手法使读者在阅读由作者创作的虚拟故事之时产生了一种接近于了解真实事件的体验。确切地说，对于卡尔维诺提到的由博尔赫斯革新的这种写作手法，我们并非是全然陌生的。在中国古典小说的创作之中，这一手法已然成为一项重要的通例。从话本小说开始，中国古代小说的叙述者与作者开始发生裂变，话本小说中，叙述者以说书人的身份置身于所叙之事之外，但时而又介入叙述，在当中做解释说明、发表评论。在博尔赫斯所熟悉的中国古典小说的创作之中，转述是常见的一种手法，尤其在《聊斋志异》当中体现得更为明显。例如,《聊斋志异》开卷第一篇《考城隍》中,作者在篇末写道:"公有自记小传,惜乱后无存,此其略耳。"显然,作者意在表明其仅是转述。在《中国古代小说叙事研究》中,王平(2001)对此作了较为详细的论述。而且,在《红楼梦》与《儒林外史》的创作之中,虽然已经产生了不少的变化,但是这一口述式的口吻仍然是不时出现的。例如,在《红楼梦》第二回中,冷子兴演说荣国府也正是采用了这样一种转述的口吻。

博尔赫斯对于中国古典小说的阅读,是否也在一定程度上对他产生了影响,致使他的创造手法发生了转变呢?或者说,我们所能够确信的是,这一手法一定引发了博尔赫斯的共鸣。事实上,在博尔赫斯津津乐道的由塞万提斯创作的《堂吉诃德》之中,也存在这一写法,并且深深吸引了博尔赫斯。在《堂吉诃德》中,故事的叙述者将故事的讲述归功于一位穆斯林史学家希德·哈梅特·贝内恩赫利(Cide Hamete Benengeli),这位史学家在历史上未曾存在,实际上是作者塞万提斯所杜撰的人物。博尔赫斯(2005:97)本人亦在他书写的《堂吉诃德的部分魔术》一文里提到这一手法:"第九章开头说《堂吉诃德》这部小说整个是从阿拉伯文翻译过来的,塞万提斯在托莱多的市场上买到手稿,雇了一个摩尔人翻译,把摩尔人请到家里,住了一个半月全部译完。我们想到卡莱尔,他假托《成衣匠的改制》是德国出版的迪奥金尼斯·丢弗斯德罗克博士作品的节译本;我们想到卡斯蒂利亚犹太教博士摩西·德·莱昂,他写了《光明之书》,发表时假托是3世纪一位巴勒斯坦犹太教博士的作品。"(博尔赫斯,

2005）

第二，博尔赫斯擅长运用考订式的写作来达到一种仿史的效果，这与明清时期的笔记小说存在相通之处。在博尔赫斯的写作之中，我们经常可以见到仿史的写作手法。例如，在小说《南方》之中，有这样一个片段：

> 1871年在布宜诺斯艾利斯登岸的那个人名叫约翰尼斯·达尔曼，是福音派教会的牧师；1939年，他的一个孙子，胡安·达尔曼，是坐落在科尔多瓦街的市立图书馆的秘书，自以为是根深蒂固的阿根廷人。他的外祖父是作战步兵二团的弗朗西斯科·弗洛雷斯，被卡特里尔的印第安人在布宜诺斯艾利斯省边境上用长矛刺死；在两个格格不入的家世之间，胡安·达尔曼（或许由于日尔曼血统的原因）选择了浪漫主义的先辈，或者浪漫主义的死亡的家世。

王朔评论博尔赫斯道："这实际上也不是一个小说，更像是抄资料，但其骇人听闻令读者手脚冰凉足可与最好的惊险小说一比。"这也正如诗人西川在评价博尔赫斯时所言："一个人当他看到一个事情，要描述一个东西，这时候他相对来讲容易做到精确。比如我们数一下这间屋子有多少张椅子，比如154张，这是一个精确的数字，这是你看到、你描述的。而博尔赫斯把他数学般的精确和虚构结合在一起，他虚构，但是表达虚构的时候却有着数学般的精确，这个东西跟庞德是正相反的。"博尔赫斯运用一种考订式的精确，制造了仿史的效果。在《恶棍列传》之中，博尔赫斯更是在详实精确地书写历史背景之上，加之以自身的想象，在多个短篇小说中塑造了许多反英雄的人物形象，诸如美国南方的奴隶贩子、纽约黑帮的头目、日本江户幕府时期的礼官，等等。

在明清时期的小说创作中，这种考订式的写法在笔记小说之中尤为突出。笔记小说在魏晋南北朝时期兴起，在明清时期又取得了新的发展，例如《阅微草堂笔记》、蒲松龄《聊斋志异》都属于笔记小说。在这种写作的体式之中，兼有"小说"与"笔记"两重特征。一方面，"笔记"具备真实性，另一方面，"小说"的叙述又具备其故事性与虚拟性。这种考订式的写作与仿史，是一种常见的书写的手段，而真实与虚拟的交错，实际上也正是幻想小说不可错失的一项元素。

第三，中国古典小说中的入话的叙事表现手法在博尔赫斯的创作之中亦可觅得踪迹。在中国古典小说之中，入话是一种常见的叙事表现手法。入话原本乃是话本小说中的一类结构，通常位于话本的篇首，在叙述正文之前，以引子的形式，凭借与正话之间的某些联系，来导入正话的内容，一般为小故事或是诗词韵语。在中国古代的叙事之中，入话是否存在已经成为区分叙事与散文这两种文体的一个重要的标志，并且进而发展成为中国小说的一个重要的叙事传统。

例如，在冯梦龙的《喻世名言》卷三十四《李公子救蛇获称心》开篇，先是引了一首徐神翁作的诗。紧接着，作者对开篇的诗句进行了简略的解释与评论，此后才进入正文对孙叔敖的叙述,这里的入话的形式乃是诗词。

  劝人休诵经,念甚消灾咒。经咒总慈悲,冤业如何救?种麻还得麻,种豆还得豆;报应本无私,作了还自受。

  这八句言语,乃徐神翁所作,言人在世,积善逢善,积恶逢恶。古人有云:积金以遗子孙,子孙未必能守;积书以遗子孙,子孙未必能读;不如积阴德于冥冥之中,以为子孙长久之计。昔日孙叔敖晓出,见两头蛇一条,横截其路。孙叔敖用砖打死而埋之。归家告其母曰:"儿必死矣。"母曰:"何以知之?"敖曰:"尝闻人见两头蛇者必死,儿今日见之。"

  博尔赫斯同样对这种叙事表现手法运用熟稔,例如,在小说《心狠手辣的解放者莫雷尔》的开篇,在正式书写解放者拉萨鲁斯·莫雷尔的故事之前,博尔赫斯先是列举了一系列与西班牙运送黑人至美洲之后如蝴蝶效应般发生的历史事件。同样,在小说《女海盗秦寡妇》中,博尔赫斯先不急不缓地讲述了两位加勒比女海盗玛丽·瑞特(Mary Read)和安内·波内依(Anna Boney)的生平,才开始描写那位出没于亚洲水域的秦寡妇。

  第四,寓言式的写作在明清小说与博尔赫斯的写作之中也存在着汇通之处。尽管德国理论家瓦尔特·本雅明(Walter Benjamin)对现代性之下的寓言赋予了诸多新的定义,但是我们不能够否认的是,寓言的一些基本特征仍然存在,那便是,言意之间的断裂以及寓言之中的多重指涉性与复义性。

博尔赫斯对卡夫卡曾经有过一则评价，他说："卡夫卡的命运就是把各种各样的处境和挣扎化为寓言。"实际上，在博尔赫斯本人的作品之中，我们也可以看到这种寓言式的写作。言与意之间发生了断裂，而形象就是"言"之所在。在写作过程中，博尔赫斯一方面非常重视形象，另一方面又擅长运用寓言的思维以及暗喻的方式来对问题进行思索，因而，他所运用的抽象化的形象往往同时具有深层与多面的指涉性。这样的写作方式使得他的作品不仅精炼，而且往往具有多重指涉性与阐释空间。所以，也不乏有评论者认为博尔赫斯的寓言写作实际上是一种哲学写作。例如，众所周知，"迷宫"是博尔赫斯所钟爱的意象之一，同时，我们知道博尔赫斯对于非理性哲学家叔本华的欣赏。可以说，博尔赫斯之所以如此之钟爱迷宫这一意象，或许正是因为迷宫在本质上就是一个寓言，这一形象化的表达直接指涉与反映了他对于世界难以认识、而人类自身的命运同样难以获得完全理性的把控。在《小径分岔的花园》之中，博尔赫斯就对迷宫做了一种哲思化的想象。故事的主角在寻觅永恒的过程之中，最终迷失在了迷宫里，这是一种哲理化的写作与想象。另外在博尔赫斯的诸多作品之中也有着寓言式写作的在场，例如，《巴比伦彩票》正是对于偶然性的一个寓言式的思索。

中国古代的寓言有着悠久的传统，至明清时期则又再度取得了繁荣，并涌现了众多的作品。鲁迅（1973：189）在《中国小说史略》谈道，小说中寓讥讽者，晋唐已有，而在明之人情小说为尤多。中国古代的长篇寓言小说与神幻小说以及讽刺小说之间关系密切，清代张竹坡甚至认为，一切小说都是寓言小说。寓言小说之中存在多种不同的寓体，依据陈蒲清（1994）的分析，在中国古典小说之中，寓体主要可以分为三类：第一类乃是以神佛故事为寓体，其中的代表为《西游补》；第二类以鬼魅异物为寓体；第三类以海外幻想世界为寓体，如清代的《镜花缘》、明代的《中山狼传》。在诸多明清小说之中，《聊斋志异》并非按文体分类的短篇小说集，其中不乏精短的寓言，寄寓情感道理，映射世间人情。在《聊斋志异》的书写之中，借鬼魅之物来描写世间人情，这种表现方式使哲理与形象获得统一。

  我们很难断定明清小说是否对博尔赫斯的创作方式产生了直接的影响，但是不可否认的是，从博尔赫斯的创作之中，我们可以发现其写作与明清小说之间存在诸多汇通之处。关于博尔赫斯，西班牙著名作家卡米洛·何塞·塞拉（Camilo José Cela）曾经给出过一个精妙的评论："博尔赫斯是一位法力无边的炼金术师，他为世界创造了各种人物和城市。""炼金术师"这一词语灵动地传达了博尔赫斯所富有的幻想与神秘，同时也表达了博尔赫斯在创作中的融合与汲取。正是在博尔赫斯这位百科全书式的创作者身上，我们看到了他对于他者的诠释与融通。

结　语

　　作为优秀的国族文学，诸多明清时期诞生的小说文本借助翻译的途径跨越空间与时间，折射、流动至世界多个语际空间，并逐渐演变为构建世界文学的一部分。在西班牙语世界，明清小说的翻译历经了多个历史时段的发展，在多位译家的耕耘之下逐渐累积了可观的翻译成果。与此同时，在西语世界也开展了一系列对于明清小说的研究、读解与阐释。然而，回顾目前中国学界对于明清小说在西班牙语世界的翻译与传播的研究，却仍然存在着诸多有待补充的空间，这也是我们开展本项研究的初衷所在。

　　在本书的三章内容之中，我们分别以明清小说在西班牙语世界的翻译出版历程、文本翻译研究与明清小说的接受与阐释这三条脉络为主轴，展开了分析与讨论。

　　在第一部分的研究之中，我们重点考察的是明清小说翻译传播至西班牙语世界的历程，且注重在分析翻译事实的基础上开展理论的思索，并对影响翻译出版的多元因素进行分析。首先，通过研究我们发现，明清小说介入到西班牙语语际空间的历程与异质符号域之间的权力关系的变动构成了极为密切的关系，这也宏观上反映了文明之间交流的根本历程。与这一翻译历程并行的恰好是西班牙帝国由盛转衰、英国崛起与全球化深向推进等世界格局的根本性变动，隐匿于其背后的是全球大变局时代异质符号域边界的多向对话与符号域权力关系变化之间的动态张力与逻辑。其次，翻译作为一个动态多元的过程，诸多外部路径与因素对明清小说在西语世界的传播亦有重要影响，例如译者主体群体的发展、相关文化传播机构平台与文化交流活动，等等。我们剖析了动态的过程当中译者主体、出版机构与相关文化交流平台等各项因素所发挥的作用，从多个方面细致地剖析影响这一翻译历程的具体的多元因素。

在第二部分，我们基于具体文本的西班牙语翻译来深入地探讨了翻译问题。借助小型平行语料库的建立，我们对翻译文本、译者策略与西班牙语以及汉语之间的语言转换问题，乃至思考翻译背后深层的文化观念的可通约性的问题。首先，我们注意到，在文本翻译之中，译者所运用的翻译策略是丰富且多元的，其中最为突出的是对等委婉语、直译与显化这三种策略。其次，在研究之中，显化这一翻译共性在研究之中获得了验证，并且我们发现，与显化的程度呈现出密切相关的有原文文本的特征以及译者的翻译倾向。最后，隐藏于翻译背后的深层次的问题，实际上就是可通约性的问题。诸多哲学家以及翻译学家对此进行了探讨，我们结合文化语言学以及费耶阿本德的思考，提出了我们的思考。

本书的第三部分，我们主要关注并研究的是西班牙语世界围绕明清小说所诞生的阐释。围绕着明清小说，在西语世界已诞生了一系列丰富的相关研究，并对拉丁美洲的文学创作产生了一定的影响。首先，我们对目前西班牙语世界已有的主要的研究与阐释做了梳理，可以发现，其中已经有多个不同方向下的研究，包括文化通论、翻译选集、专题的研究等，其中也不乏从女性主义视角开展的研究。其次，西班牙语世界在对明清小说的诠释与读解之中围绕女性主题阐发了丰富且深入的讨论，因此，在第二节之中我们整理并分析了西班牙语世界诸多学者围绕着女性形象所开展的具体讨论，当中一部重要的论著是《龙的第二性：中国女性、文学与社会》。我们发现，在中外不同语境之下开展的对于明清小说中女性形象的考察体现出了不少差异，这与学者的研究身份与立场不无关系。在第三节中，我们针对博尔赫斯对于明清小说的接受与阐释，进行了回顾与思索，我们认为，博尔赫斯对明清小说的创造性的阐释完全具备其合法性，并且，在明清小说与博尔赫斯创作的小说作品之间存在着诸多汇通之处。从诠释学的视角之下来探讨经典在异域的文化传播问题，有益于加深对这一问题的理解。

　　翻译研究是一个涉猎尤为广泛的研究领域，从全方位立体地考察，才更有益于反映翻译的全貌，并且推动进一步的思考。本研究综合了翻译的内部研究与外部研究，概述了中国明清小说文本在西班牙语世界的翻译与传播的情况，一方面有益于宏观地把握明清小说在西班牙语世界的外译现状与继续促进异质文明间审美性文本的互通。另一方面，本研究也思索并讨论了两个语际文化空间的可通约性与具体翻译实现过程，以及异国语境下的传播与阐释的问题。借此，希望可以为今后学界开展进一步的讨论提供有益的信息。

参考文献

Aquino Rodríguez, Carlos. (2014). Acerca de los Estudios sobre China en el Perú. *Pensamiento Crítico*, 18, pp. 7 – 18.

Arbillaga Guerrero, Idoia. (2002). *La Literatura China Traducida en España*. Alicante: Publicaciones de la Universidad de Alicante.

Baker, Mona. (1993). Corpus Linguistics and Translation Studies: Implications and Applications. In Mona Baker, Gill Francis, Elena Tognini-Bonelli (eds.) *Text and Technology. In Honour of John Sinclair*, pp. 233 – 252. Amsterdam: Benjamins.

Bemardino Escalante. (1577). *Discurso de la Navegación que los Portugueses Hazen a los Reinos y Provincias del Oriente, y de la Noticia que Se Tiene de las Grandezas del Reino de la China*. Sevilla: Alonso Escribano.

Berman, Antoine. (1984). *L'Épreuve de l'étranger: Culture et Traduction dans l'Allemagne Romantique*. Paris: Gallimard.

Blum-Kulka, Shoshana. (1986). Shifts of Cohesion and Coherence in Translation. In Juliane House et al. (eds.) *Interlingual and Intercultural Communication: Discourse and Cognition in Translation and Second Language Acquisition Studies*, pp. 17-35. Tubingen: Gunter Narr Verlag.

Borges, Jorge Luis. (1940). *Antología de Literatura Fantástica*. Buenos Aires: Editorial Sudamericana.

Botton Beja, Flora. (1977). La Mujer en China. *Revista FEM*, 3, pp. 75-81.

Botton Beja, Flora. (1984). *China: Su historia y Cultura hasta 1800*. México: El Colegio de México.

Botton Beja, Flora. (1993). *Bajo un Mismo Techo. La Familia Tradicional en China y Sus Cambios*. México: El colegio de México.

Botton Beja, Flora. (1995). Familia y Cambio Social. *Revista de Occidente*, 172, pp. 115-123.

Botton Beja, Flora. (1995). La Larga Marcha hacia la Igualdad: Mujer y Familia en China. In Taciana Fisac Badell (ed.) *Mujeres en China*, pp. 11-43. Madrid: Agencia Española de Cooperación Internacional.

Botton Beja, Flora. (1998). Review of El Otro Sexo del Dragón: Mujeres, Literatura y Sociedad en China (The Other Sex of the Dragon: Women, Literature and Society in China). *China Review International*, 5 (2), pp. 356-358.

Botton Beja, Flora. (1998). Reseña de El Otro Sexo del Dragón: Mujer, Literatura y Sociedad en China. *Estudios de Asia y África*, 33, pp. 417 - 419.

Botton Beja, Flora. (2003). Mujeres, Maternidad y Amor Materno en China Tradicional. *Estudios de Asia y África*, vol. XXXVIII, núm. 2, pp. 345 - 364.

Botton Beja, Flora. (2008). Las Mujeres y la Igualdad en China. Una Meta Aún sin Alcanzar. In Mónica I. Cejas (coord.), *Igualdad de Género y Participación Política. Chile, China, Egipto, Liberia, México y Sudáfrica*, pp. 121 - 207. México: El Colegio de México.

Cabeza Laínez, José María. (2017). Consideraciones sobre la Estética Literaria China en la Edad Moderna. Ecos y Reflejos del Dao. *Revista de Teoría e Historia del Arte*, 6, pp. 25 - 41.

Cai, Yazhi. (2015). La Traducción del Eufemismo del Chino al Español: *Hongloumeng* y Su Traducción *Sueño en el Pabellón Rojo. Hikma*, 14, pp. 37 - 54.

Cai, Yazhi. (2016). *Estudio Contrastivo y Traductológico del Eufemismo en Chino y Español a Partir de Tres Novelas Clásicas de las Dinastías Ming y Qing*. Tesis doctoral. Granada: Universidad de Granada.

Cai, Yazhi. (2019). Estudio Comparativo del Eufemismo en Chino y Español. *Círculo de Lingüística Aplicada a la Comunicación*, 77, pp. 3 - 20.

Cao, Xueqin. (2010). *Sueño en el Pabellón Rojo*. Traducción de Zhao Zhenjiang y José Antonio García Sánchez; edición revisada por Alicia Relinque. Barcelona: Galaxia Gutenberg.

Casas Gómez, Miguel. (2009). Hacia una Nueva Perspectiva del Enfoque en la Definición del Eufemismo. In Catalina Fuentes Rodríguez, Esperanza R. Alcaide Lara (coord.), *Manifestaciones Textuales de la Descrotesía y Agresividad Verbal en Diversos Ámbitos Comunicativos*, pp. 11 - 29. Sevilla: Universidad Internacional de Andalucía.

Chen, Xinyi. (2019). Estudio Comparativo entre la Literatura Española y la China: Relatos Cortos del Siglo XVII de Juan Pérez de Montalbán y Pu Songling. In Carlos Mata Induráin, Sara Isabel Santa Aguilar (coord.), *"Ars longa": Actas del VIII Congreso Internacional Jóvenes Investigadores Siglo de Oro*, pp. 37 - 50. BIADIG: Biblioteca Áurea Digital.

Chiu, Mei Lan. (2007). *Los Versos de Xiyouji: Estudio sobre las Versificaciones del Capítulo I de Viaje al Oeste y Su Traducción*. Trabajo de Máster. Barcelona: Universidad Autónoma de Barcelona.

Cornerjo, Romer. (1997). El Otro Sexo del Dragón: Mujeres, Literatura y Sociedad en China by Taciana Fisac Badell. *The China Quarterly*, 152, pp. 885 - 886.

Crespo Fernández, Eliecer. (2007). *El Proceso de Manipulación a Través de los Eufemismos*. Alicante: Universidad de

Alicante.

Damrosch, David. (2003). *What is World Literature?*. Princeton: Princeton University Press.

Dañino, Guillermo. (1996). *Esculpiendo Dragones: Antología de la Literatura China*. Lima: Pontificia Universidad Católica Del Perú.

El erudito de las carcajadas. [1617] (2010). *Jin Ping Mei en Verso y en Prosa*. Traducción de Alicia Relinque Eleta. Girona: Atalanta.

Fenollosa, Ernest Francisco & Pound Ezra. (1977). *El Carácter de la Escritura China como Medio Poético*. Madrid: Visor.

Fisac Badell, Taciana. (1994). Mujer y Tradición Confuciana en la Sociedad China. *Revista de Occidente*, 155, pp. 117-133.

Fisac Badell, Taciana. (1995). Bajo un Mismo Techo: La Familia Tradicional en China y Su Crisis. *The China Quarterly*, 142, pp. 614-615.

Fisac Badell, Taciana. (1996). *El Otro Sexo del Dragón: Mujeres, Literatura y Sociedad en China*. Madrid: Narcea.

Fisac Badell, Taciana. (1996). Mujeres y Desarrollo en China. *Desarrollo*, 25, pp. 62-66.

Fisac Badell, Taciana. (1997). Introducción. *El Otro Sexo del Dragón: Mujeres, Literatura y Sociedad en China*. Madrid: Narcea.

Foucault, Michel. (1994). *Dits et Ecrits, III (1976-1979)*.

Paris: Gallimard.

Gernet, Jacques. (1989). *El Mundo Chino*. Barcelona: Editorial Crítica.

Gruia, Ioana. (2001). Mujer, Poesía e Ideología Amorosa en "Sueño en el Pabellón Rojo". In *Mujer, Cultura y Comunicación: Realidades e Imaginarios. IX Simposio Internacional de la Asociación Andaluza de Semiótica*, pp. 459 – 468. Sevilla: Alfar.

Hudson, Geoffrey F. (1931). *Europe and China: A Survey of their Relations from the Earliest Times to 1800*. London: Arnold.

Klaudy, Kinga. (1996). Back-Translation as a Tool for Detecting Explicitation Strategies in Translation. In Kinga Klaudy, José Lambert, Anikó Sohár (eds.) *Translation Studies in Hungary*, pp. 80 – 84. Budapest: Scholastica Kiadó.

Kuhn, Thomas Sammual. (1979). History of Science. In David L. Sills (ed.) *International Encyclopedia of Social Sciences*, pp. 75 – 83. New York: Crowell Collier and Macmillan.

Kuhn, Thomas Sammual. (1982). Commensurability, Comparability, Communicability. *Proceedings of the Biennial Meeting of the Philosophy of Science Association*, 2, pp. 669 – 688. Chicago: The University of Chicago Press.

Ku, Menghsuan. (2006). *La Traducción de los Elementos Lingüísticos Culturales (chino-español): Estudio de Sueño en* las Estancias Rojas. Barcelona: Universitat Autónoma de Barcelona.

Ku, Menghsuan. (2019). Viaje al Oeste vs. Viaje a la Diversión: Estrategias de Traducción de los Elementos Culturales de Peregrinación al Oeste. *Onomázein: Revista de Lingüística, Filología y Traducción de la Pontificia Universidad Católica de Chile*, 43, pp. 50 – 69.

Lotman, Jurij. (2005). On the Semiosphere. Trans. Wilma Clark. *Sign Systems Studies*, 1, pp. 205 – 229.

Martínez Robles, David. (2007). *La Lengua China. Historia, Signo y Contexto*. Barcelona: Editorial UOC.

Martínez Robles, David. et al. (2008). *Narrativas Chinas. Ficciones y Otras Formas de No-literatura*. Barcelona: Editorial UOC.

Morán Suárez, Gregorio. (2014). *El Cura y los Mandarines (Historia no Oficial del Bosque de los Letrados): Cultura y Política en España, 1962 – 1996*. Madrid: Akal.

Newmark, Peter. (1988). *A Textbook of Translation*. New Jersey: Prentice-Hall International Edition.

Newmark, Peter. (1992). *Manual de Traducción*. Traducción de Virgilio Moya. Madrid: Cátedra.

Nida, Eugene. (1975). Linguistics and Ethnology in Translation Problems. In *Exploring Semantic Structures*, p. 211. Múnich: Wilhelm Fink Verlag.

Nida, Eugene. (1993). *Language, Culture and Translating*. Shanghai: Shanghai Foreign Language Education Press.

Paz, Octavio. (2000). El Arquero, la Flecha y el Blanco. *La Ortiga: Revista Cuatrimestral de Arte, Literatura y Pensamiento*, 19 – 21, pp. 121 – 130.

Pena Sueiro, Nieves. (2009). La Difusión y Recepción de la Literatura Informativa sobre China en la España del Siglo de Oro. In *Representaciones de la Alteridad, Ideológica, Religiosa, Humana y Espacial en las Relaciones de Sucesos, Publicada en España, Italia y Fracia en los Siglos XVI – XVIII*, pp. 287 – 302. Besançon: Presses Universitaires de Franche-Comté.

Pu Songling. (1998 [1985]). *El Invitado Tigre*. Traducción de Isabel Cardona y Jorge Luis Borges. Madrid: Ediciones Siruela.

Ramírez Bellerín, Laureano. (1999). *Del Carácter al Contexto. Teoría y Práctica de la Traducción del Chino Moderno*. Barcelona: Universidad Autónoma de Barcelona.

Relinque Eleta, Alicia. (2005). "La Nube del Alba, la Lluvia del Atardecer": Sobre la Construcción del Erotismo en la Literatura China. In María Remedios Sánchez García (coord.), *Un título para Eros: Erotismo, Sensualidad y Sexualidad en la Literatura*, pp. 139 – 158. Granada: Universidad de Granada.

Relinque Eleta, Alicia. (1998). La Mujer Vendida-vendada: el Loto-dorado. In *Moda y Sociedad: Estudios sobre Educación, Lenguaje e Historia del Vestido*, pp. 519 – 526. Granada: Universidad de Granada.

Relinque Eleta, Alicia. (2001). Otra Forma de Violencia contra las Mujeres: la Excisión. In Mauricio Pastor Muñoz (coord.) *La Mujer Subsahariana: Tradición y Modernidad*, pp. 231 – 266. Granada: Universidad de Granada.

Relinque Eleta, Alicia. (2005). La Escritura China y las Mujeres: del Origen del Mundo a la Sumisión. *Filosofía, Política y Economía en el Laberinto*, 18, pp. 23 – 33.

Relinque Eleta, Alicia. (2009). *La Construcción del Poder en la China Antigua*. Granada: Universidad de Granada.

Relinque Eleta, Alicia. (2010). Prólogo. In *Jin Ping Mei en Verso y en Prosa*. Por El erudito de las carcajadas. Girona: Atalanta.

Remark, Henry H. H. (1971). Comparative Literature, Its definition and Function. In Newton P. Stallknecht, Horst Frenz (eds.) *Comparative Literature: Method and Perspective*, pp. 2 – 3. Carbondale: Southern Illinois University Press.

San Ginés, Pedro. (2018). Lenguaje Figurado en la Novela China Sueño en el Pabellón Rojo. In Antonio Pamies Bertrán, Alexandra Magdalena Mironesko, Isabel María Balsas Ureña (coord.) *Lenguaje Figurado y Competencia Interlingüística (II): Aplicaciones Lexicográficas y Traductológicas*, p. 133. Granada: Comares.

Schleiermacher, Friedrich. (2002). On the Different Method of Translating. In Douglas Robinson (ed.) *Western Translation Theory: From Herodotus to Nietzsche*, pp. 225 - 238. Beijing: Foreign Language Teaching & Research Press.

Shkolvsky, Viktor. (1965). Art as Technique. In Lee T. Lemon, Marion J. Reiss (eds.) *Russian Formalist Criticism: Four Essays*, pp. 17 - 23. Lincoln: University of Nebraska Press.

Sun, Min. (2018). Las Literaturas China y Española Frente a Frente. In *Actas del IX Congreso de Hispanistas de Asia*, pp. 824 - 1099. Taiwan: Monográficos Sinoele.

Tejeda Martín, Teresa. (2018). Imagen de la Mujer en Sueño en el Pabellón Rojo. La Construcción y la Transgresión del Género. *Quaderns de filología*, 23, pp. 39 - 62.

Van Gulik, Robert. (2000). *La Vida Sexual en la China Clásica*. Madrid: Siruela.

Venuti, Lawrence. (2012). World Literature and Translation Studies. In Theo D'haen, David Damrosch, Djelal Kadir (eds.) *The Routledge Companion to World Literature*, pp. 180 - 193. London and New York: Routledge.

Vinay, Jean Paul & Darbelnet, Jean. (1958). *Stylistique*

Comparee du Français et de l'Anglais. Methode de Traduction. Paris：Didier.

VVAA.（2000）. *Cuentos Fantásticos Chinos*. Barcelona：Seix Barral.

Wu, Jingzi.（2007）. *Los Mandarines（Historia del Bosque de los Letrados）*. Presentación, traducción del chino y notas por Laureano Ramírez Bellerín. Barcelona：Seix Barral.

安田朴：《中国文化西传欧洲史》，北京：商务印书馆，2000年。

保罗·费耶阿本德：《反对方法》，上海：上海译文出版社，1992年。

蔡拓：《世界主义的类型分析》，《国际观察》，2018年第1期。

蔡雅芝：《中国文学在西班牙语世界的发展》，载于《中国文学海外发展年度报告（2018）》，北京：社会科学文献出版社，2019年。

曹卫东：《中国文学在德国》，广州：花城出版社，2002年。

曹雪芹：《红楼梦》，北京：人民文学出版社，2002年。

岑群霞：《基于布厄迪场域理论的麦家小说〈解密〉——英文译介探析》，《名作欣赏》，2015年第9期。

陈豪：《西班牙语国家的汉语教学——现状与政策》，《当代外语研究》，2018年第5期。

陈蒲清：《中国古代寓言小说与寓言戏剧概况》，《益阳师专学报》，1994年第2期。

程弋洋：《〈红楼梦〉在西班牙语世界的翻译与评介》，《红楼梦学刊》，2011年第6期。

杜维沫、王丽娜：《〈儒林外史〉外文译本概况》，《文史知识》，1982年第5期。

段怀清、周俐玲：《〈中国评论〉与晚清中英文学交流》，广州：广东人民出版社，2006年。

范存忠：《中国文化在启蒙时期的英国》，上海：上海外语教育出版社，1991年。

方豪：《中西交通史》，台北：中国文化大学出版社，1983年。

冯保善：《江南女教与明清世情小说女性书写》，《江海学刊》，2020年第4期。

弗洛拉·博顿：《墨西哥的女性主义与研究》，载于《当代世界女潮与女学》，郑州：河南人民出版社，1990年。

高梅媛：《明清英雄传奇小说中的女性形象总括》，《赤子》，2014年第19期。

葛桂录：《雾外的远音——英国作家与中国文化》，银川：宁夏人民出版社，2002年。

古孟玄：《〈聊斋志异〉西译本与中西文化差异》，《蒲松龄研究》，2014年第4期。

汉斯-格奥尔格·伽达默尔：《真理与方法》，北京：商务印书馆，2007年。

豪尔赫·路易斯·博尔赫斯：《阿根廷作家与传统》，《世界文学》，1992年第3期。

豪尔赫·路易斯·博尔赫斯：《博尔赫斯谈艺录》，杭州：浙江文艺出版社，2005年。

洪汉鼎：《文本，经典与诠释——中西方经典诠释比较》，《深圳大学学报（人文社会科学版）》，2015年第2期。

胡文彬：《〈红楼梦〉在国外》，北京：中华书局，1993年。

江慧敏：《中国小说在英国的翻译传播与影响》，《北京第二外国语学院学报》，2014年第6期。

姜珊、周维、李未、孟宜霏：《中国当代文学图书开拓西语市场分析——以五洲传播出版社为例》，《出版参考》，2017年第4期。

柯飞：《翻译中的隐和显》，《外语教学与研究》，2005年第4期。

克劳婷·苏尔梦：《文学的移居：中国传统小说在亚洲》，北京：国际文化出版公司，1989年。

兰陵笑笑生：《金瓶梅词话-梦梅馆校本》，台北：里仁书局，2007年。

雷林科：《操斧伐柯：论翻译如何改变文学的面貌》，《世界汉学》，2013年第12期。

李明滨：《中国文学在俄苏》，广州：花城出版社，1990年。

李平：《西方人眼中的东方文学艺术》，上海：上海教育出版社，2004年。

李响：《明代小说中的女性与科举研究》，硕士学位论文，华东交通大学，2018年。

利奇温：《十八世纪中国与欧洲文化的接触》，北京：商务印书馆，1962年。

刘淼：《从明清小说中的女性来浅析女性意识的觉醒》，《青年文学家》，2016年第11期。

刘泽权、侯羽：《国内外显化研究现状概述》，《中国翻译》，2008年第5期。

鲁迅：《中国小说史略》，北京：人民文学出版社，1976 年。

鲁迅：《且介亭杂文二集》，北京：人民文学出版社，2006 年。

鲁迅、许广平：《两地书》，北京：人民文学出版社，2006 年。

罗一凡：《创造中国怪异：Rafael Rojas y Román 首译〈聊斋志异〉西班牙语译本研究》，《蒲松龄研究》，2017 年第 4 期。

马丁·海德格尔：《理解和解释》，载于《理解与解释——诠释学经典文选》，北京：东方出版社，2001 年。

马笑泉：《博尔赫斯与中国古典小说》，《名作欣赏》，2016 年第 7 期。

马祖毅：《汉籍外译史》，武汉：湖北教育出版社，1997 年。

米歇尔·福柯：《词与物》，上海：上海三联书店，2016 年。

苗怀明、宋楠：《国外首部〈金瓶梅〉全译本的发现与探析》，《上海师范大学学报（哲学社会科学版）》，2015 年第 6 期。

钱林森：《中国文学在法国》，广州：花城出版社，1990 年。

榕：《阿根廷作家博尔赫斯获西班牙智者阿方索十世大十字勋章》，《世界文学》，1983 年第 6 期。

塞缪尔·亨廷顿：《文明的冲突与世界秩序的重建》，北京：新华出版社，2010 年。

申小龙：《中国文化语言学》，长春：吉林教育出版社，1990 年。

宋柏年：《中国古典文学在国外》，北京：北京语言学院出版社，1994 年。

宋莉华：《传教士汉文小说研究》，上海：上海古籍出版社，2010 年。

宋丽娟、孙逊：《中国古典小说的早期翻译和传播——以〈好逑传〉英译本为中心》,《文学评论》,2008年第4期。

唐均:《〈红楼梦〉译介世界地图》,《曹雪芹研究》,2016年第2期。

托马斯·库恩:《科学革命的结构》,北京:北京大学出版社,2003年。

托马斯·库恩:《必要的张力》,北京:北京大学出版社,2004年。

王存静:《从明清小说来探讨对女性关注度的提高》,《文学教育》,2011年第10期。

王丽娜:《〈水浒传〉在国外(上)》,《天津外国语学院学报》,1998年第1期。

王丽娜、杜维沫:《〈三国演义〉的外文译文》,《明清小说研究》,2006年第4期。

王丽娜:《〈西游记〉外文译本概述》,《文献》,1980年第4期。

王丽娜:《中国古典小说戏曲名著在国外》,上海:学林出版社,1988年。

王宁、钱林森、马树德:《中国文化对欧洲的影响》,石家庄:河北人民出版社,1999年。

王克非:《英汉/汉英语句对应的语料库考察》,《外语教学与研究》,2003年第6期。

王克非、黄立波:《语料库翻译学的几个术语》,《四川外语学院学报》,2007年第6期。

王平:《中国古代小说叙事研究》,石家庄:河北人民出版社,2001年。

王平:《明清小说传播研究》,济南:山东大学出版社,2006年。

王治河:《福柯》,长沙:湖南教育出版社,1999年。

威利斯·巴恩斯通:《博尔赫斯谈话录》,桂林:广西师范大学出版社,2014年。

威廉·洪堡特:《洪堡特语言哲学文集》,北京:商务印书馆,2011年。

卫茂平:《中国对德国文学影响史述》,上海:上海外语教育出版社,1996年。

吴敬梓:《儒林外史》,北京:人民文学出版社,1977年。

呈圣昔:《明清小说与中国文化》,南京:南京大学出版社,1991年。

许渊冲:《中国经典外译只能靠汉学家吗?》,《国际汉学》,2017年第3期。

严建强:《18世纪中国文化在西欧的传播及其反应》,杭州:中国美术学院出版社,2002年。

严绍璗:《中国文学在日本》,广州:花城出版社,1990年。

伊塔洛·卡尔维诺:《卡尔维诺文集(第五卷)》,南京:译林出版社,2001年。

张汉行:《博尔赫斯与中国》,《外国文学评论》,1999年第4期。

张浩军:《论勒维纳斯的他者理论》,《世界哲学》,2015年第3期。

张弘:《中国文学在英国》,广州:花城出版社,1992年。

赵振江:《西文版〈红楼梦〉问世的前前后后》,《红楼梦学刊》,1990年第3期。

郑振铎:《评Giles的中国文学史》,《文学旬刊》,1922年第

50期。

朱谦之:《中国哲学对于欧洲的影响》,福州:福建人民出版社,1985年。

邹颖:《美国的明清小说研究》,南京:南京大学出版社,2016年。

邹振环:《疏通知译史——中国近代的翻译出版》,上海:上海人民出版社,2012年。

图书在版编目(CIP)数据

经典的折射:明清小说在西班牙语世界的翻译、传播与阐释/蔡雅芝著.—上海:复旦大学出版社,2021.11
ISBN 978-7-309-15954-7

Ⅰ.①经… Ⅱ.①蔡… Ⅲ.①古典小说-小说研究-中国-明清时代 Ⅳ.①I207.41

中国版本图书馆 CIP 数据核字(2021)第 191683 号

经典的折射:明清小说在西班牙语世界的翻译、传播与阐释
蔡雅芝　著
责任编辑/陈　军
助理编辑/杨　骐

复旦大学出版社有限公司出版发行
上海市国权路 579 号　邮编:200433
网址:fupnet@fudanpress.com　http://www.fudanpress.com
门市零售:86-21-65102580　团体订购:86-21-65104505
出版部电话:86-21-65642845
常熟市华顺印刷有限公司

开本 890×1240　1/32　印张 6.375　字数 137 千
2021 年 11 月第 1 版第 1 次印刷

ISBN 978-7-309-15954-7/I·1297
定价:45.00 元

如有印装质量问题,请向复旦大学出版社有限公司出版部调换。
版权所有　侵权必究